Königsblut

American Bar

Das Buch

Erstklassige Cocktail-Rezepte und Stories aus den flirrenden Tiefen fröhlich durchtrunkener Nächte.

Die Autoren

Längst weit über das Rheinland hinaus bekannt – entweder einzeln oder als *Drei Prinzen & 'ne Königin* – haben Dagmar Schönleber, Christoph Heitmann, Laabs Kowalski und Georg Weyers-Rojas und ebenso Vergnügliches wie Sonderbares niedergeschrieben.

Drei Prinzen & 'ne Königin

Königsblut

American Bar

Verlag Die Muschel
Nagelschmiedgasse 9a
50827 Köln

Verlag Die Muschel

Gestaltung: Mathias Lück
Herstellung: Books on Demand GmbH
ISBN: 3-936819-00-9

Inhalt

Christoph Heitmann

Tresengespräch

Wohin sonst hätte ich gehen sollen als in meine Stammkneipe? Ich hatte diesbezüglich kein schlechtes Gewissen, es war keine doppelte Unmoral, es war auch kein weiteres Symptom jener Verkommenheit, deretwegen mich Ute rausgeschmissen hatte: Sie hatte mich mit/in ihrer Schwester Heike erwischt.

Also: Wohin hätte ich gehen sollen? Zu meiner Mutter? In den Park? In ein Hotel? In die Kirche? Zu Heike?

Hier bestand die Möglichkeit, eventuell einen jener gesichtsvertrauten Dritten, nur weil er ein Sofa besäße, zum Freunde zu adeln. Morgen schon würde die Welt zwar nicht anders aussehen, aber immerhin – die Nacht wäre besiegt. Zumindest hätte ich mich mit ihr auf ein Unentschieden geeinigt. Die Fragezeichen in Utes Schädel hätten ihre Tränen verwischt und sich bis zum Morgen in die Form des Schlüssels verbogen, der die Tür zur Wohnung von innen öffnen könnte.

Seltsamerweise war an diesem Abend kein einziger Bekannter vorrätig. Nun, es war auch noch relativ früh, als ich die Kneipe betrat – 22 Uhr. Wenn irgendwo ein attraktives Konzert stattgefunden hatte, würden sie innerhalb der nächsten Stunde auflaufen. Liefen sie aber nicht. Ich kannte niemanden unter den Gästen, keiner der Anwesenden drängte sich als Herbergsvater, noch weniger als Herbergsmutter auf. Die meisten Weibchen waren in Begleitung ihrer Lebensabschnittsstecher oder sahen wie Lehrerinnen aus. Und was mich anbetraf: Ich trug an diesem Abend wahrlich nicht die Rüstung des Eroberers, hatte mich auch in kürzester Zeit impotent gesoffen, und hätte ich den Mut besessen, ihnen den Grund der Kontaktaufnahme zu gestehen, wäre mein Aufenthalt durch reichlich frauensolidarisches Gekeife wohl unplanmäßig verkürzt worden.

Gegen Mitternacht war mir klar, daß mir niemand hier eine kostenlose Übernachtungsmöglichkeit bieten würde. Das Erreichen des nächsten Morgens zeichnete sich als teuer und ungesund ab. In meiner Not wollte ich Raffael, den Wirt fragen, ob ich mit zu ihm gehen könne, doch zu dem Zeitpunkt war meine Zunge bereits zum plumpen Fleischklumpen gequollen, der in meinem viel zu kleinen Mund ein nicht mehr kontrollierbares Eigenleben führte. Ich konnte lediglich die Konsonanten B, L und N formen, mein Vokal-Repertoire schrumpfte auf A und

U. Trotzdem konnte Raffael erstaunlicherweise, wahrscheinlich aber auch in derlei Gesprächen geübt, die Basis-Informationen aus meinem Gebrabbel herausfiltern und sagte: „Andere Mütter haben auch schöne Töchter!" und „Auf Kosten des Hauses!", wobei er mir einen weiteren *Sex on the beach** kredenzte.

Daß ich um Aufnahme bei ihm bat, verstand er allerdings nicht oder überhörte es geschickt. Mehr aus Höflichkeit, denn aus aufrichtigem Interesse kam er, wenn er gerade etwas Zeit hatte, wieder zu mir und stellte mir Fragen wie: „Bist du jetzt mit Heike zusammen?“ oder „Hat Ute auch einen Neuen?“, die ich gestenreich mit ganzem Körpereinsatz beantwortete. Raffael kommentierte nickend. Ich nehme an, daß er es für Energieverschwendung hielt, einem völlig Betrunkenen ernstgemeinte Ratschläge zu erteilen.

„Der rote Teletubby heißt Po!“ sagte ich, worauf Raffael meinte: „Du bist selber schuld. Das weißt du aber auch."

Danach gab ich es auf, ihn um ein Nachtlager zu bitten, sondern nahm eine demutsvolle Haltung ein, faltete die Hände oder legte die Daumen an die Wangenknochen und verfiel in sekundenlangen Schlaf, aus dem mich Raffael immer wieder herausriß, freundlich, aber doch bestimmt, um zu signalisieren, daß er so ein Verhalten in seiner Bar nicht zu dulden gedachte.

Zum Zeichen des guten Willens bestellte ich eine Cola, die mich tatsächlich etwas ernüchterte und eine Synapsenschaltung ermöglichte, in der ich mich an ein halbgeöffnetes und zur Not relativ geräuschlos einschlagbares Kellerfenster erinnerte und an den meistens nicht verschlossenen Dachboden, auf dem es genug Wäsche gab, um sich warm einzudecken sowie Wasser und Eimer. Bis mindestens sieben Uhr morgens wäre ich dort sicher.

Dann wurde mein Kopf mit Wucht nach vorne gestoßen, und ich spürte viel Warmes auf dem Rücken. Ich drehte mich um und nahm sehr undeutlich Ute wahr. Sie bellte irgendwas. Da sie Recht hatte, machte ich mir nicht die Mühe, ihr zu antworten. Mir wäre auch nichts anderes eingefallen als: „Wenn eine Frau schon Ute heißt, wird sie betrogen. Eine Heike ist zur Mutterschaft verdammt!" Statt dessen wandte ich mich Raffael zu, gab ihm ein Zeichen, daß es keinen Grund zur Aufregung gäbe, er solle weder Ute noch mich rausschmeißen, die anderen Gäste mögen sich nicht gestört fühlen und unbeirrt ihr Lach- und Labergeschäft verrichten.

„Ist alles in Ordnung?“ fragte mich ein Herr, der neben mir saß.

„Nach der Chaos-Theorie ist alles in bester Ordnung“, entgegnete ich.

„Dafür siehst du aber ziemlich schlecht aus", meinte er.

„Ich sehe den Umständen entsprechend aus“, erwiderte ich.

„Du hast ein flexibles Verhältnis zur Wahrheit, was?“ fragte er rhetorisch, und ich gab ihm nach einigem Überlegen die verlangte Antwort: „Ja“, fügte aber hinzu: „Zu einer endgültigen Wahrheit sind wir aufgrund der Beschränktheit unserer Sinne nicht fähig.“

„Weil wir an Raum und Zeit gebunden sind?“ fragte er mich.

„Zum Beispiel“, kürzte ich ab.

„Wie erklärst du dir, daß Gespenster angeblich in einem Raum verbleiben, wo ihnen zu Lebzeiten so viel Unglück widerfahren ist?“ fragte er.

„Das verstehe ich auch nicht.“ Die Frage forderte mich tatsächlich heraus, ich überlegte lange. „Also, wenn ich ein Gespenst wäre“, begann ich, meine Gedanken zu sortieren, „dann würde ich doch an einem Ort bleiben, wo es schön ist, wo ich oft glücklich war. Zum Beispiel in meiner Stammkneipe!“

Ich hoffte, für den Satz mit einem Lächeln entlohnt zu werden, sah ihn an und erschrak: Er sah genauso aus wie ich. Ich wollte den Schrecken mit einem Schluck herunterspülen, mein Glas stand aber nicht mehr vor mir. Es war tief unter mir.

Ich sah Raffael mit der hysterisch kreischenden Ute ringen, er drückte ihren Arm nach oben, in der Hand hielt sie eine dunkle Kleinkaliberhandfeuerwaffe. Die anderen Gäste suchten Schutz unter den

Tischen. Ich sah meinen Oberkörper auf dem Tresen liegen und in meinem Schädel eine häßliche Wunde. Etwas Weißes, wahrscheinlich ein Stück meines Gehirns, klebte an der Wand und hatte die Form eines chinesischen Schriftzeichens. Neben mir saß niemand mehr.

*** Sex on the beach**
Zutaten: 4 cl. Wodka, 2 cl. Pfirsich-Likör, 2cl. Zitronensaft, 6 cl. Cranberry-Juice.

Alles gut in einem Shaker schütteln, anschließend in ein Highball-Glas füllen.

P.S. Alle anderen Varianten dieses Cocktails sind unzulässig und werden strafrechtlich verfolgt.

Dagmar Schönleber

Freitagabend

Neulich war wieder Freitag. Genauer gesagt: Freitagvorabend. Die Zeit, zu der früher *Western von gestern* kam, später *Dick und Doof* und *Väter der Klamotte*. Hinterher mußte ich immer in die Badewanne. Muß ich heute auch, manche Dinge ändern sich nie.

Und dann kommt immer die große Entscheidungsfrage: Was geht? Raus oder nicht raus?

Man hat dann ja die Wahl zwischen schick (also so, daß man vor die Tür gehen kann, ohne gleich für geistig verwirrt und von irgendwo ausgebrochen gehalten zu werden), oder man läßt das Freitagvorabendherzblattprogramm in die Freitagabend-Super-Film-Film-Film-Premiere übergleiten. Das würde Schlabberhose und Unterwäsche Modell Boller-Frottee bedeuten. Hat Vorteile. Birgt aber bei nur fünf Programmen und keiner Fernsehzeitung das übermächtige Risiko von *Ein schöner Land – 17 Blechbläser in 19 Städten von der Maas bis an die Memel.* Egal, ich riskiere alles und ... oh nein, das Schlimmste: Die Free-TV-Premiere *Amok-Mutti – sie hing an der Nadel und ihre Tochter im Casino.*

Da geh' ich wohl doch lieber raus und erlebe so richtig was im Nachtleben. Da muß natürlich noch schnell Modell Boller-Frottee gegen was Vorzeigbares ausgetauscht werden – schon meine Mutter sagte immer: „Kind, wie sieht dat denn aus, wenn du ma plötzlich ins Krankenhaus kommst und dann haste auf'm OP-Tisch so 'ne olle Butz an!" –, denn draußen sind die Risiken natürlich um ein Vielfaches größer, daß was passiert.

Es herrscht Scheißwetter, darum lieber nicht zu weit gehen, und Geld hab' ich auch nicht viel, also möglichst keinen Eintritt zahlen. In der reichhaltigen Ausgehpalette gibt's das natürlich. Nachteil: Die Männer haben Schnäuzer und die Frauen in der Regel Damenbärte, und die Friseure, die diese Menschen so zugerichtet haben, sind inzwischen verhaftet. Achtzig Prozent Pädagogen, zehn Prozent freischaffende erfolglose Künstler über 35 und zehn Prozent andere Randgruppen. Und ich.

Die Zahl der Ausdruckstänzer ist hier überdurchschnittlich hoch, und ich vertreibe mir die Zeit, indem ich ein heiteres Beruferaten anhand des Tanzstils versuche. Aha, siebzig Prozent Fluglotsen, fünfzehn Prozent Tanzbären und zehn Prozent kann ich nicht deuten (arbeitslos?), aber sie müssen anscheinend dringend mal aufs Klo. Die fünf Prozent, die weder Tanzbären noch irgend etwas anderes sind, versuchen sich an einer Performance à la „Put your hands in your hair“ und sehen dabei aber auch irgendwie wieder wie Fluglotsen aus.

Naja, das kenn ich ja auch alles schon, einschließlich der originellen Ansprechsversuche mit hohen Artikulationsschwierigkeiten: „Bissssdueigennnlichöftahia?“ Aber is ja auch schön, daß sich manche Dinge nie ändern. Darum änder‘ ich mich auch nicht, trinke mich mit drei schnellen *D-Days** auf den allgemeingültigen Pegel, um so sprechen zu können, daß die Menschen mich verstehen. Das ist gar nicht so einfach, weil die Leute vor der Theke schon so betrunken sind, daß die sich da gar nicht mehr wegbewegen können und man in Kniehöhe zwischen ihnen hindurchkriechen muß, um was bestellen zu können. Zwischendurch gehe ich aufs Klo, und um mir die Wartezeit zu vertreiben, stelle ich mir vor, was ich tun würde, wenn ich die Klotür nicht mehr aufkriegen würde. Was ist peinlicher? Wegen hysterischen Geschreis oder bei dem erfolglosen Versuch, die Tür einzutreten, gefunden zu werden? Gerade noch rechtzeitig fällt mir ein, daß meine Tür ja wieder aufgeht, frage jedoch sofort ein paar Leute in der Disco, was sie machen würden, wenn die Klotür klemmt. Vielleicht kriegt man ja ein paar Tips. Ist gar nicht so einfach, denn es versteht mich fast keiner, was aber nicht nur an mir liegt. Der DJ hat dann nach zwei Stunden endlich auch das Lied gespielt, das ich mir gewünscht habe, und ich hab‘ sogar ein paar neue Tanzschritte ausprobiert, die waren richtig scharf. Ich komme ohne notärztliche Hilfe nach Hause und bin froh, *Amok-Mutti* entkommen zu sein und mal wieder so richtig was erlebt zu haben.

*** D-Day**

Zutaten: 2 cl. Wodka, 2 cl. Gin, 2 cl. weißen Rum, 2 cl. Tequila, 2 cl. Tripple Sec, 2 cl. Zitronensaft.

In ein Highball-Glas mit zerstoßenem Eis geben und mit Sprite auffüllen.

Laabs Kowalski

Boje

Der Smog hockt über Havanna
wie ein Alligatorweibchen auf seinem Gelege,
in den Straßen steht der Abgasgeruch
wie das Wasser in den Kanälen Venedigs.

„He, Amigo! Wanna cigars?"
fragt jeder Einheimische an jeder
gottverdammten Straßenecke
dieser verwahrlosten Stadt.
„Where do you from, Amigo?
Do you want chica?"

Kämpfe mich quer durch das Viertel
zu einer Bar namens *Castillo de Farnes*,
wo mich ein Haufen Schmarotzer umzingelt.
Gegen Dollars ist alles zu haben,
alles, nur keine Ruhe.

Die Frauen branden heran,
heißen Boheme, Griselle oder Santaluega.
Beißen sich fest,
sind durch nichts zu verjagen.

„Give me a beer!“
„Give me five dollars!“
„Buy me a jeans!“
„Buy me a jacket!“

Ich stell‘ mich
zu einer dickleibigen Alten,
lege meinen Arm um sie
wie ein Ertrinkender um eine Boje,
küsse sie wild,
und endlich stieben die jungen Nutten davon.

Als ich beim Kellner einen *T-Punch**
für mich und die Alte bestelle,
starren mich alle ungläubig an,
halten mich für krank oder pervers.

Naja, ich sehe es anders.

Wenn die Wespen dich jagen,
suche die Nähe der Hummel.
Wenn dich Mücken dich nerven,
dann sing mit dem Frosch.

* T-Punch

Zutaten: 4 cl. Martinique-Rum (Rhum Agricole), 1 Teelöffel braunen Zucker, die Schalen einer Limette, 1 cl. Grenadine.

Die Limettenschalen und den braunen Zucker in einem Whisky-Glas zerstoßen. Rum und Grenadine hinzugeben und das Glas mit zerstossenem Eis auffüllen. Umrühren.

Achtung: Der Alkohol geht unmittelbar in die Blutbahn! Wer mehr als zwölf T-Punchs hintereinander verträgt, möge sich bitte im *Königsblut* melden, um dort in einem Saufnasenwettbewerb gegen Laabs Kowalski anzutreten.

Georg Weyers-Rojas

Das Magic Mushroom Rollschuh Desaster

Musik kann alles: Sie kann Menschen aufwühlen, nachdenklich stimmen, einschläfern oder gar, so sie den Liebhaber in melancholischer Stimmung antrifft, in schwere Depressionen schleudern. Daß Musik aber auch geschehenes Ungemach auf humorvolle Weise kommentieren kann, das zeigt die folgende Begebenheit, die sich in der zweiten Hälfte des neunhundertsiebzigsten Jahres des vergangenen Milleniums zugetragen und von der ich heute erzählen will.

****

In jener Zeit bewirtschaftete ich einen Ausschank, des Namens *Magic Mushroom.* Als ich an diesem Abend, mein Nachtwerk beginnend, die Eingangstür meines Geschäfts von innen aufschloß, wurde mir klar, daß, auf Grund der Ereignisse der vorangegangenen Nacht, weite Teile meines neuronalen Systems es vorübergehend vorgezogen hatten, ihre Funktion auf das Notwendigste zu beschränken. Dumpf wurden die Ereignisse einer durchwachten Nacht in den Rest meines Bewußtseins gespült.

Herr Kleinert hatte sich an vorangegangenem Abend in jugendlicher Unvernunft nicht zurückhalten können und gleich drei stark LSD-haltige Substanzen verkonsumiert, was ihn dazu veranlaßt, bis in die frühen Morgenstunden den Versuch zu unternehmen, die Blumen von der Küchentapete des *Magic Mushroom* zu pflücken, ein Unterfangen, das ihn durch seine Unmöglichkeit (die Küche des *Magic Mushroom* hatte keine Tapete) schließlich zu heftigen Heulkrämpfen sich hinreißen ließ, die bald durch Attacken einer surrealen Panik abgelöst wurden. Hervorgerufen wurde diese Panik durch den Angriff gigantischer Spinnen, zu denen sich bald nicht minder große Stubenfliegen gesellten, die sich darauf verlegten, Herrn Kleinert mit einem, wie er sich ausdrückte, „ekligen Sekret" zu beschießen, was ihn, Herrn Kleinert, nun vollends die Fassung verlieren ließ. Mein mir anerzogenes Verantwortungsbewußtsein machte es mir schier unmöglich, Herrn Kleinert in dieser unangenehmen Situation aus dem Wirtshause hinauszukomplimentieren und ließ mich, der Situation schon längst nicht mehr gewachsen, zum Telefon greifen, um, mitten in der Nacht, Herrn Kalbstock, seines Zeichens Handelsvertreter für Suchtstoffe aller Art, aus dem Bett zu expedieren. Herr Kalbstock bedeutete mir, daß er zur Behandlung eines, wie er es artikulierte, „Horrortrips" nur eine Therapie sehe, welche darin bestünde, daß ich, mich aus dem reichhaltigen Angebot der Restauration bedienend, Herrn Kleinert unnachgiebig und konsequent so lange mit stark alkoholhaltigen Getränken abfülle, bis Herr Kleinert schließlich so trunken sei, daß er schlicht und ergreifend einschlafe. Nach einer und einer halben Flasche Wodka zeitigte die mir zunächst seltsam anmutende Behandlung Erfolg und Herr Kleinert schwand ins Reich der Träume, welche allerdings, wie er mir später versicherte, nicht minder gräßlich waren als seine vorangegangenen Halluzinationen.

Kein Wunder also, daß ich mich, als ich den Schankbetrieb nach jener Nacht aufnahm, nicht auf meiner gewohnten geistigen Höhe befand – ein Zustand, der auch den Gästen, die bald den Schankraum füllten, nicht verborgen blieb und von denen mir ein herzliches Mitgefühl entgegengebracht wurde.

Nachdem ich meine Arbeit bereits zwei Stunden wacker verrichtet hatte, betrat Herr Schneider das Geschäft und eröffnete mir – auf meine Bemerkung hin, daß auch er nicht minder mitgenommen erscheine als meine Person –, ich möge besser nicht fragen und ihm statt dessen einen *Jamakas** kredenzen, da Fräulein Müller, ihres Zeichens Herrn Schneiders Herzensdame, ihm gestern den Laufpaß übereignet. Auslöser war angeblich Herr Rodenstock, ein glühender Verehrer Fräulein Müllers, der Schneiders Freundin über den Versuch unterrichtet, den Herr Schneider tags zuvor mit Fräulein Wegner unternommen, und bei dem es um die Frage ging, wie weit man seine Zunge in den Rachen seines

Gegenübers hineinreichen lassen könne. Fräulein Müller sei darüber so in Rage geraten, daß sie ein für alle Mal mit Herrn Schneider gebrochen habe. Was daran Schlechtes sei, von Fräulein Müller verlassen zu werden, war für mich nicht unbedingt nachvollziehbar, doch hielt ich diesen Gedanken vor dem Freund in meinem Herzen verborgen, zumal Herr Schneider ein ums andere Mal lallend beteuerte: „Verdammt, ich liebe diese Frau!“ Dann bat er um einen dreistöckigen Whiskey und schloß die Frage an, ob noch etwas von den so wohltuenden getrockneten Blättern des *cannabis sativa*, oder, wie er es nannte, „von dem afrikanischen Steppenbrand“ vorhanden sei, was ich ihm wiederum mit einem Fingerzeig in Richtung Küche positiv beschied, wohin Herr Schneider auch augenblicklich verschwand, nicht ohne zuvor eine Musikcassette in das Beschallungsgerät der Gaststätte eingelegt zu haben, von der sich in sinnfälliger Weise Herr Hendrix mit der Nachricht meldete, daß ein gewisser Herr Joe sich mit einer geladenen Schußwaffe justament auf dem Weg zu seiner Geliebten befände, die er, da sie ihn mit einem anderen betrogen, mittels eben dieser Schußwaffe in eine andere, finale Seinsform zu überführen gedenke.

Kurz nachdem Herr Schneider in der Küche verschwunden war, kam er auch schon wieder heraus und gab Zeitung, dass Herr Kleinert, mit dem Kopf auf dem Küchentische ruhend, schlafe. Ich bedeutete

Herrn Gisbert, mich für einen Moment bei meiner Arbeit zu vertreten und begab mich gemeinsam mit Herrn Schneider zu Herrn Kleinert in die Küche, wo wir jenen selig schnarchend vorfanden. Sanft formte der Luftzug aus Herrn Kleinerts Mund winzige Wellen auf dem Erbrochenen, in dem sein Kopf weich gebettet war, und wir entschieden, daß es das Beste sei, ihn seinen Rausch ausschlafen zu lassen, zumal ja wohl feststehe, daß er die Sauerei auf dem Küchentisch gefälligst selbst zu beseitigen hätte.

Herr Schneider griff nach einer Flasche Whiskey, die er in erstaunlicher Geschwindigkeit zur Hälfte leerte, während ich damit beschäftigt war, das Rauschgift mit Tabak zu vermengen und zu einer, wie Herr Schneider sich auszudrücken pflegte, „Tüte" zu verarbeiten. Die brisante Mischung von Alkohol und Marihuana ließ Herrn Schneider im Anschluß durch den Ausschankbereich in das Hinterzimmer der Wirtschaft wanken, wo er mitten im Raum einen Stuhl fand, auf dem er bald in einen komatösen Schlaf fiel, was auch für die anderen anwesenden Gäste kein ungewohnter Anblick war, pflegte Herr Schneider doch *jeden* Abend nach der Einnahme diverser alkoholischer Getränke, etwas „afrikanischen Steppenbrand" zu verkonsumieren und sich so in ein, wie er erklärte, „wohliges, tiefes, schwarzes Loch" zu begeben, aus dem er jedoch beruhigenderweise stets nach zwei bis drei Stunden wieder erwachte.

Heute jedoch sollte sein Schlaf jäh unterbrochen werden, denn kurze Zeit darauf traf Fräulein Müller ein. Fräulein Müller, seit jeher von einer Gestalt, die in Kontaktanzeigen gern als „Rubensfigur“ verbrämt wird, hatte sich jedoch vor kurzem zur psychiatrischen Behandlung in eine geschlossene Anstalt begeben und war, durch die Verabreichung einer bunten Mischung verschiedenster Psychopharmaka, zu dem mutiert, was unter den Bekannten und Freunden wenig liebevoll als „fette Sau“ bezeichnet wurde. Doch Fräulein Müller wäre nicht Fräulein Müller, beträte sie wie jeder normale Mensch einen Raum. Fräulein Müller trat auf. Heute schwebte sie, einem Fesselballon gleich, in die Gaststätte, denn Fräulein Müller hatte ein paar neue Fußkleider erworben, unter denen in einer raffinierten Anordnung kleine Räder angebracht waren, die es Fräulein Müller ermöglichten, jedem beliebigen Ziel gleichsam entgegenzugleiten, und die ich hier der Kürze halber einmal „Rollschuhe“ nennen will. Mit Hilfe dieser Rollschuhe vollführte sie einen eleganten Schlenker, der sie schließlich am Tresen zu stehen brachte, wo sie mich darüber befragte, ob jener Herr Gösebrecht anwesend sei, der für das Leid Herrn Schneiders so unrühmliche Verantwortung trug. Ich beschied die Frage negativ, wies Fräulein Müller jedoch vorwitzigerweise auf den im Nebenzimmer ruhenden Herrn Schneider hin, was Fräulein Müllers Gesichtsausdruck augenblicklich bedrohliche Züge annehmen und das komplette Fräulein Müller in den Nebenraum zu ihrem ehemaligen, breitbeinig auf seinem Stuhl vor sich hin dösenden Geliebten schweben ließ, vor dem sie sich mit einem durch die Lippen gepreßten „Saftsack" aufbaute und ihm trotz, jedoch vielleicht auch wegen ihrer Rollapparate, mit Schwung in das trat, was man gemeinhin als die edelsten Teile des Mannes bezeichnet.

Augenblicklich erstarben in der gesamten Wirtschaft sämtliche Gespräche. Männliche wie weibliche Gäste verzogen, mit Herrn Schneider mitleidend, schmerzverzerrt die Gesichter. Irgendwo, in der hintersten Ecke hörte man lärmend eine Stecknadel zu Boden fallen. Fassungslosigkeit breitete sich aus, als Fräulein Müller auch schon wieder am Tresen stand und seelenruhig ein Altbier-Getränk befahl. Blankes Entsetzen hatte alle erfaßt. Herr Schneider jedoch wachte, wie vom Schlag getroffen, auf, begab sich, mehr wankend, denn gehend, zur Beschallungsanlage, zog, durch die Ansammlung verschiedenster Drogen in seinem Körper unverwundbar gemacht, eine weitere Musikcassette aus seiner Jackentasche und startete eine Musik, welche auch die mitfühlendsten unter den Gästen in schallendes Gelächter ausbrechen ließ. Denn aus dem Lautsprecher drang in ohrenbetäubender Lautstärke das Opus *Love Hurts* der Gruppe Nazareth. Und alles war wieder gut.

* Jamakas

Zutaten: 2 cl. Wodka, 2 cl. Tequila, 2 cl. Kaffeelikör, 2 cl. süße Sahne, einen Spritzer Feuerzeugbenzin.

Alles in ein mit Eis gefülltes Whiskyglas geben und umrühren.

Obacht jedoch: Für diesen Cocktail ist ein polizeiliches Führungszeugnis vonnöten, das dem Barkeeper unaufgefordert vorzulegen ist.

Christoph Heitmann

Höckscken

Ein arg betrunkener und nicht aufdringlich libidinöskontrovers fixierter Rumäne hatte mir diese Patrone, die sich Elmar Borrmann in den Schädel gejagt haben soll, geschenkt, weil ich eine gute Hete wäre. Nun gelang es mir, diese Kugel auf den rechten Backenzähnen des Unterkiefers so auszutarieren, daß sie weder Gaumen noch Zunge berührte.

Ein gutes Gefühl, ein Kurzurlaub im Stand, zu dem aber auch diese *Ms* und *Ns* paßten wie die Baustelle neben dem Hotel. Wenn Dezibel sie formte, hörten sie sich an wie das unter dem Gewicht feuchter Erde einbrechende Holz eines Nonnensarges.

Das Häßlichste am weiblichen Körper ist keineswegs das reizvoll-amüsant geformte Geschlecht – nein, es ist die Stimme.

Ich hätte nicht unbedingt ihren Hund überfahren (und dann den Rückwärtsgang einlegen) müssen, um zu erkennen, daß Dezibel – eigentlich hieß sie ja Isabelle, Stuka hätte aber auch gepaßt – diese Regel bestätigt, und nicht einmal als Ausnahme.

Dezibel klang immer wie die an der zu trokkenen Schultafel quietschend zerbrechende Kreide. Ihr Quietschen hörte sich immer gleich schmerzhaft schrill an, das Geräusch des Knackens beim Zerbrechen aber variierte je nachdem, welchen Buchstaben Dezibel gerade auszusprechen versuchte.

„Scheiße!“ knarrte Dezibel. Beim Übergang von *ei* auf *ß* vibrierte Elmar Borrmanns Kugel unangenehm, ich nahm sie vorsichtshalber aus dem Mund .

Ich sollte ihr darlegen, wieso ich auch noch rückwärts über Daphne gefahren sei.

Daphne! Ich glaube, als der Vorderreifen von ihr hinunterholperte, hat Daphne zum ersten und letzten Mal ihren Namen phonetisch korrekt von sich gegeben.

Aber was sollte ich dazu denn sagen?! Wieso?! Wozu!? Ich war schuld, und das würde irgendwie zu sanktionieren sein, schlimmstenfalls mit: „Es tut mir sehr leid. Das wollte ich nicht. Ich kaufe dir ‘nen Neuen.“

Daraufhin imitierte Dezibel Satan. Und zwar in dem Moment, in dem Satan ein Auge ausgeglüht wird.

Ich kämmte den Mittelscheitel, den sie mir in die Haare gebrüllt hatte, mit den Fingern fort und versuchte sie zu beschwichtigen, indem ich darauf verwies, daß ich Daphne im Grunde ja erlöst hätte.

Kaum hatte ich das Wort „erlöst“ ausgesprochen, war das andere Auge Satans dran.

(„Erlöst“ weil: Daphne hatte nämlich nur noch zwei Beine. Im Herbst wurde sie Gassi geflogen, indem man sie an einen Papierdrachen schnürte. Ich vermute, man hat ihre Beine mit dem *Ja!*-Emmenthaler-Schmelzkäse-Scheibletten belegt. Jedenfalls hege ich diesbezüglich einen schweren Verdacht!)

Daphnes Augen waren noch immer geöffnet. Kein Wunder, bei dem Lärm. Dezibel hatte inzwischen die umliegenden Häuser konkav geschrien und ging nun zu einem toxischen Zischen über. Sie stemmte die Fäustchen trotzig in die Seite. Die Sonne brannte fröhlich schimmernde Salze aus den Ektoparasiten in ihrem Dekolleté. Sah eigentlich sehr reizvoll aus.

Ließe man die sinnlichen Reize eines Frauenkörpers in einer Liga gegeneinander antreten – die weibliche Stimme nähme am Saisonende immer die Platzierung des MSV Duisburg ein, also Rang 14. Manchmal klingen Frauen ja auch wie billige Glöckchen oder wie Vogelgezwitscher und singen dann bei Greta Schloch. Aber das Vögelchen in Dezibel war ein kotzender Geier. Mit einem durchbohrten Gummiball in der Kehle. Und im Gummiball eine mit Kies verstopfte Trillerpfeife.

Wahrscheinlich wurden Frauen so ewig lange nicht an Wahlen beteiligt, weil sie sprichwörtlich ihre Stimme nicht abgeben sollten. Erst in den 60er Jahren hörte es auf, Frauen, die öffentlich ihre Stimme erhoben, zu belächeln. Just also zu dem Zeitpunkt, als auch der Türke sich befleißigte, in der akustischen Öffentlichkeit lauthals seinen Speiseröhrenbelag zu lösen, und dem deutschen Gehör ungeahnte Qualitäten klanglicher Garstigkeit offenbarte.

Ich wette, die Erfinder des Handys waren Neonazis, um mit der kropolalen Dauer-Kakophonie den gerechten arischen Volkszorn gegen das E-plus-Osmanentum zu erregen.

Nichts gegen den Türken! Wenn da jemand einen Film über einen Schafhirten dreht, der in die Großstadt zieht, wird er sofort weggeschlossen und gefoltert. Doch als Ausländer wird der Türke völlig überschätzt. Als Kamikaze-Attentäter ohnehin, und das ist nun tatsächlich beleidigend gemeint. Und besäße er nicht sein bellendes Organ, er hätte es bei uns bis zum Italiener bringen können.

Wenn man allerdings jemanden mit dessen eigenen Stimmbändern erdrosseln sollte, dann wäre das Christian Brückner, unter anderem die heiserversoffene und trotzdem merkwürdig hohe Synchronstimme von Robert de Niro. Christian Brückner, Charakterschwein des Ausgesprochenen. Der einzige, der auf allen Fernsehkanälen gleichzeitig zu hören ist.

„Die Befreier der Roten Armee entdeckten im Konzentrationslager Auschwitz ... – zapp! – *... ein Haus zu bauen, gehört zur Natur des Menschen ...* – zapp – *... und schmeckt einfach super zu Kassler."*

„Am liebsten hättest du doch mich erwischt, was?!"

Dezibel klang nun wie ein Rasenmäher in einer Badewanne voller Schrauben. Aber wollte ich damals tatsächlich sie erwischen? Hm ... Von dem Standpunkt aus betrachtet, daß es sich bei Gewalt um eine der seltenen Ausdrucksformen handelt, bei denen nur die Qualität zählt, hätte ich ihr Recht geben müssen. Aber ich ahnte, worauf Dezibel hinauswollte. Das mußte ja so kommen! Dezibel hielt sich für eine Dauerleihgabe in meinem privaten Schmerzmuseum – war sie aber nicht.

Sie bedeutete mir weniger als der Fleck an der Küchenwand, den man schon gar nicht mehr wahrnimmt und allenfalls ob der Trägheit, keine Scherereien mit Ver- und Nachmieter haben zu wollen, übertüncht. Wenn überhaupt. Ich hatte sie infolge einer medikamentösen Nebenwirkung in der *Meisengeige* kennengelernt. Vertragseinig wurden wir, nachdem ich ihr erzählt hatte, wie ich eine Invasion der Außerirdischen verhindert hatte:

„Ich machte genau auf dem Südpol einen Kopfstand. Für die Außerirdischen muß es so ausgesehen habe, als würde ich die ganze Welt auf meinen Händen tragen. Und dann fragten sie sich wohl, ob zu Hause das Bügeleisen noch an ist. Höhö."

„Und bist du denn nicht festgefroren?"

„Festgefroren?"

„Ja. Am Eis festgefroren. Mit den Händen?"

„Oh! Äh ... Ja! Öh ... Mit einer. Mit der anderen Hand konnte ich mir eine Zigarette drehen. Es gelang mir auch, sie anzuzünden und mein Lungengewebe zur Bösartigkeit zu animieren. Und dann kam die Straßenbahn. Die Straßenbahn kommt immer, wenn man sich gerade eine Zigarette anzündet."

„Das ist ja blöööööööd!"

Kurz darauf verdunkelte ihr Kopf den Raum und eine klatschnasse Zunge schwappte in meinem Mund herum wie ein Fisch in Todespanik. Das Angebot, das sie mir danach unterbreitete, war so attraktiv wie eine Dauerkarte für den FC Schweinfurt 05 und löste eine Vorfreude aus, die mit der vergleichbar ist, gleich (und „gleich" bedeutet in diesem Fall: fünf Uhr morgens an einem Novembermontag in den Sack zu kriechen, der den Weg vom Altersheim zur Wäscherei noch vor sich hat).

Das topographische Äquivalent zu fünf Uhr 30 entsprach am Abend in der *Meisengeige* drei Hausnummern.

„Ich wohn' gleich nebenan!"

Ich glaube, ich ging nur wegen der Kerben mit, die Kollege Oliver manchmal, wenn er das Büro betritt, in ein Bein seines Schreibtisches schnitzt. Bereits auf dem Weg zu Dezibel war mir klar, daß bei ihrer Stimme meine Männlichkeit ohne Umwege der Schwerkraft folgen würde.

Und so kam's dann auch.

Ich mußte die Besteigung abbrechen, weil ich wegen des Geplärres den Drang hatte, zu überprüfen, ob ich nicht statt mit dem Penis doch mit einem Piranha in sie eingedrungen war. Andere mögen ja bei derlei Gelegenheiten eine Beschallung wie sie sonst nur in Filmen mit Kettensägeneinsatz vorkommt – ich aber kann dieses wehleidige Gejaule nicht ab. Selbst beim gesündesten und wohltuendsten Beweis der eigenen Existenz müssen manche Weiber kundtun, wie schlecht es ihnen geht. Können Frauen während der Penetration nicht wie unsereins die *Bonanza*-Melodie summen?

Dezibels aktueller Freund Alex war mittlerweile am Tatort erschienen. Ich wußte nicht allzu viel über ihn. Seine Hauptbeschäftigung soll seinerzeit daraus bestanden haben, Klaus Lage zu verklagen, und das mit den Drogen hatte er angeblich auch im Griff. Dem Gesicht nach zu schließen, war sein Vater ein Kotelett und seine Mutter Yassir Arafat.

Dezibel schien Alex frisiert zu haben – so wie Mofafahrer ihre Maschine frisieren: Alles Überflüssige war entfernt worden und Alex so spindeldürr und wenig, daß man in seiner Gegenwart stets befürchten mußte, ihn unabsichtlich einzuatmen. Noch immer trug er die alberne Mütze aus seiner Zeit als Ataxerxes – das war der Blonde der drei PIT-Stop-Debilen –, die jo, jo, jo, jo, jo wohl eine bessere für ihn gewesen war.

Dezibel schwieg und beschenkte mich mit einem Rausch der Genesung. Sie wies auf Daphnes Kadaver. Dann schlurfte Alex starren Blickes auf mich zu. Ich fürchtete mich vor ihm wie jemand, der im Meer badet und dem sich ein kichernder, nackter Dreijähriger mit einem Eimer Wasser nähert.

Man konnte es in Alex arbeiten hören. Er meißelte die Worte zu einer messerscharfen Bemerkung, welche einen nimmer nähbaren Spalt in mein Seelengewand reißen sollte. Dann sagte er: „Ich war auch mal so. Probier's mal mit Johanniskraut."

Es sind immer die Erbarmungswürdigen und Mitleiderregenden, die sich im selbsbetrügerischen Wahn, ihr Leben besäße auch nur annähernd etwas Nachahmenswertes, erdreisten, Dir einen Tip zu geben und Dich mit Ratschlägen beleidigen. *Schau mich an, mach's wie ich.* Überraschenderweise schloß er sich meinem Euthanasie-Argument an, woraufhin Dezibel einen Laut von sich gab, der ihre eigenen Rippen bersten ließ. Sie spuckte etwas Blut, packte das Aas und schlug damit nach Alex. Dann geschah etwas seltsames: Alex legte sich in Embryonalstellung auf die Straße und Dezibel gab einen resignierten Seufzer von sich, so, als ob sie das schon öfter erlebt hätte. Als sie sich dann in mein Auto setzte und versuchte, den Rückwärtsgang einzulegen, schaffte ich es noch rechtzeitig, die Fahrertür zu öffnen und den Zündschlüssel zu ziehen.

Als einige Tage später der entführte Mannschaftsbus des FC Bayern in das Gerling-Gebäude am Kölner Friesenplatz raste, ließ ich mir einen Vollbart wachsen und wurde ein guter Mensch.

Und? Haben Sie es bemerkt? Vor der Niederschrift dieses Textes wurde der Autor offensichtlich ge-zwungen, mehrere *Erwecker* zu trinken.

Erwecker

Zutaten: Man nehme alles, was mit *W* beginnt – Wodka, Whisky, Wirsingsaft, Wolfmilch, Wein, Wacholdergeist etc. – sowie eine verschreibungspflichtige Kopfschmerztablette und gebe es in einen Eimer. Dann fülle man des Rest des Eimers mit Bier auf. Fertig.

Dagmar Schönleber

Stockententag

Es ist war so ein Tag, an dem ich morgens schon befürchtete, daß ich seit meinem letzten Leben in der physischen und psychischen Weiterentwicklung nicht unbedingt große Fortschritte gemacht hatte. Und irgendwie fühlte ich, daß ich in meinem letzten Leben nicht nennenswert über das Charisma einer Stockente hinausgekommen war. Warum ich mir da so sicher bin? Stockenten können nichts richtig – weder tauchen, noch schwimmen oder fliegen. Sie mogeln sich halt überall so durch und sehen bei allem, was sie tun, ziemlich dämlich aus. Das kommt mir irgendwie bekannt vor.

Wäre ja nicht weiter schlimm, aber ich hab' doch heute abend diese Verabredung, das Highlight der Woche, auf die ich mich schon seit Tagen mit ausgeklügelten kosmetischen Tricks vorbereite. Und heute ist wieder Stockententag, an dem die Paranoia so dicht hinter mir ist, daß mir schon die Hacken wehtun. Von den standardmäßigen kleinen Mißgeschicken, die heute morgen passierten, abgesehen, bin ich heute abend zumindest körperlich unversehrt. Ich mache mich also auf den Weg.

Gerade will sich sogar richtig gute Laune einschleichen, aber – ich habe die Rechnung ohne meine kleinen Neurosen gemacht. Ich neige dazu, Situationen zwanghaft miteinander zu vergleichen. Habe ich irgend etwas sehr Schönes erlebt und möchte das gleiche nette Gefühl unter ähnlichen Umständen wieder erleben, müssen die aktuellen Gegebenheiten den optimalen des letzten Ereignisses angeglichen werden. Im Klartext heißt das: Wenn ich meine Glücksbringerhose und meinen Talismann nicht finde oder wenn das Klo, auf dem ich in dieser Kneipe das letzte Mal war, gerade besetzt ist, stehe ich am Rande des Nervenzusammenbruchs und denke, der Abend ist gelaufen. Daß ich auch schon gute Tage in anderen Hosen und auf anderen Klos, ja sogar ganz ohne Hosen und Klos erlebt habe, tritt in so einer akuten Aberglaubenattacke stark in den Hintergrund.

Bis jetzt läßt sich der Abend aber ganz gut an, ich habe meiner Verabredung noch nichts über das Hemd geschüttet und komme mir unglaublich brillant und geistreich vor. Irgendwann kommt auch er zu Wort, aber nur kurz, und zwar in dem Moment, als ich nach dem dritten *Touch Down** das Glas mit etwas anderem verwechsle.

Er sagt: „Das war der Aschenbecher, Schätzchen, kotz mir bloß nicht auf die Hose“, und ich renne aufs Klo. Es ist mir sogar egal, auf welches.

Als es mir wieder so gut geht, daß ich denken kann, versuche ich mich von meiner mißlichen Lage abzulenken, indem ich mir die größten Peinlichkeiten vorstelle, die mit Toilettengeschichten zu tun haben. Eine der schlimmsten allgemeinen Frauenphantasien: nicht zu merken, daß der Rock sich hinten heimtückisch im Unterhosenbündchen verwickelt hat und, während man majestätisch durch das vollbesetzte Lokal schreitet, den Blick auf den häßlichsten Frotteeslip der Nation freigibt, den man natürlich nur trägt, weil alles andere in der Wäsche ist und man heute sowieso alleine nach Hause gehen will. Was wohl spätestens ab dann auch so sein wird.

Meine schlimmste Toilettenphantasie: Die Klofrau streckt mir fordernd die geblümte Untertasse entgegen, und ich habe kein Geld dabei. Sie ist hundert Kilo schwerer als ich, aber ich kann sie davon überzeugen, daß ich eh in zwanzig Minuten wieder aufs Klo muß und dann garantiert 'nen Euro dabei haben werde. Sie nickt und läßt mich noch ein einziges Mal so davonkommen. Ich komme natürlich nicht mehr aufs Klo, aber die Klofrau hat ein fotografisches Gedächtnis und gibt meine Personenbeschreibung an sämtliche Klofrauen aller öffentlichen Toiletten der Stadt weiter. Überall hängen sehr gut getroffene Phantombilder von mir, und ich kann auf kein Klo mehr, ohne daß die jeweilige Klofrau alle ihre Kolleginnen zusammentrommelt und lauthals brüllt: „Wilma, Hulda, guckt ma‘, das is‘ die, die nie bezahlt!“ Und dann muß ich immer im voraus bezahlen, einen Euro in Cent, egal, wie dringend ich pinkeln muß, und alle kriegen es mit.

Die Vorstellung ist derartig echt, daß ich zitternd aus meiner Toilettenkabine krieche und andere Frauen um einen Euro anschnorre, bis ich mich wieder in die Kneipe traue. Meiner Verabredung ist es wohl zu langweilig geworden, er unterhält sich mit einem Mann in Frauenkleidern, und das Gefühl, eine Stockente zu sein, ist wieder mehr als präsent. Nicht das jemand denkt, ich hätte was gegen Wasservögel, aber wenn ich meine Person mit ihnen identifizieren muß, so zöge ich es vor, ein Schwan zu sein.

***Touch Down**

Zutaten: 4 cl. Wodka, 2 cl. Pfirsichlikör, 2 cl. Zitronensaft, 2 cl. Grenadine, 8 cl. Orangensaft.

Alles in ein mit Crushed Ice gefülltes Highball-Glas geben und umrühren.

Laabs Kowalski

Chronik einer ungewollten Befleckung

Traurig und angewidert durchlief ich die Straßen. Nirgends ein Rest menschlicher Würde, nirgends Edles und Schönes, nur billige Sehnsüchte, die sich in Dollar abmessen ließen. Die Gerüche des nahen karibischen Meeres wurden vom Gestank der Abgase und der Fäulnis negiert; der Teufel hatte sich eine schmutzige, im Müll versinkende Heimstatt ge schaffen. In Gambia hatte ich einmal mit zwei Leprösen vor einer zerfallenen Wellblechhütte in den Slums von Serrekunda Karten gespielt und ihnen beim Abschied, weil ich sie nicht beleidigen wollte, die fingerlosen Stumpen geschüttelt. Hier in Havanna jedoch war alles noch härter, noch schmutziger – eine Zivilisation kurz vor ihrem Ende, eine Stadt aus Ruinen, Elend und billigem Wahnsinn, die unaufhaltsam, unabwendbar auf ihren Untergang zusteuerte. Sie würde in sich zusammenstürzen, eines nicht allzu fernen Tages, und eine kolossale Wolke mahnend in den Himmel steigen, um von ihrem finiten Verschwinden zu künden. Bis dahin, bis es soweit war, lenkten und fraßen Dämonen das Herz dieser Stadt.

Es war gegen zwei Uhr morgens, ein verwahrloster Mestize – riesig, kahlköpfig – hatte mich nahe des Hotels Inglaterra in einer dunklen Seitenstraße angesprochen und schien entschlossen, mir nicht mehr von der Seite zu weichen. Sein Atem stank nach billigem Rum, statt Zähnen trug er kariöse Ruinen im Mund. Seinem Geruch nach hatte er sich schon lange nicht mehr gewaschen; er trug Shorts, ein zerrissenes, ärmelloses Hemd und Schuhe, die diese Bezeichnung nicht mehr verdienten. Er heiße Carlos, erklärte er mir, und fragte mich nach einer Zigarette. Mein Fehler, nicht einfach weitergegangen, sondern stehengeblieben zu sein. In Havanna wird jeder Anflug von Güte oder Großmut auf der Stelle bestraft.

In einem verfilzten Gemisch aus Spanisch, Englisch und Deutsch sprach er auf mich ein, hysterisch, als wollte er mir erklären, eine Gasexplosion habe soeben seine gesamte Familie ins Jenseits befördert. Aber bei genauerem Hinhören stellte sich heraus, daß er mir lediglich eine Chica anbieten wollte, irgendeine billige Nutte, die mir, seinen Worten zufolge, die Pforten zum Paradies öffnen würde.

Kein Interesse, machte ich ihm klar, aber ich hatte nicht mit seiner sturen, phlegmatischen Beharrlichkeit gerechnet. Dich an meine Seite gepreßt, folgte er mir.

„Glaub mir“, hatte er wieder zu reden begonnen, „ich kenne da eine, eine richtige Schlampe, die saugt dir den letzten Tropfen heraus. Was Schwänze angeht, ist Griselle eine Expertin. Ich kann sie dir zum Spottpreis besorgen.“

Nun, ich war lange genug in der Stadt, um zu wissen, daß die Frauen Havannas zu Dollarfressermaschinen mutiert waren; das allgegenwärtige Elend hatte ihre Tugend zernagt, ihren Charakter korrumpiert, ihre Schönheit zur Ware gemacht. Überhaupt – ich war nicht in Stimmung, den Rest der Nacht mit einer Frau zu verbringen. Wenn die Schwermut kommt, hilft nur das Trinken; nur Alkohol hat die Macht, die Melancholie mittels eines dumpfen, plumpen Zaubers für einige Zeit zu besiegen. Nur der Alkohol – oder der Tod.

Um den Mestizen abzuschütteln, überquerte ich die Straße und hielt Ausschau nach einer Bar. So kam es, daß ich im *Nautilus* strandete.

Als ich eintrat, schlug mir der beißende Gestank von Urin und Fäkalien entgegen. Meistens herrscht Wasserknappheit in dieser Stadt, aber niemand käme auf die Idee, zum Reinigen der verkommenen Toiletten Meerwasser zu nehmen, obwohl die karibische See direkt vor der Tür liegt. Immerhin war der Mestize darin gehindert worden, mir ins Innere der kleinen Bar zu folgen. Selbst für eine Vorzeigekaschemme wie das *Nautilus* schien er zu verwahrlost zu sein. Ich setzte mich an die Theke und bestellte eine *Bloody Mary Spezial**.

„You wanna have Chica?“ fragte der Wirt. „Good Chica?“

Ich schüttelte müde den Kopf. In Havanna kann ein Mann alles bekommen. Koks. Marihuana. Frauen. Vierzehnjährige Knaben. Ausgestopfte Krokodile. Lebende Krokodile. Den Heiligen Gral. Alles, nur keine Ruhe. Jeder versucht, dir einen Dollar aus der Tasche zu leiern, immerzu ist man von einem Heer Kubanern umgeben, die irgend etwas feilbieten, einem irgendeinen Schund andrehen wollen. Parasiten, die einen Wirtskörper suchen.

Ich hatte meinen Drink noch nicht zur Hälfte getrunken, als die Tür aufging und zwei junge Mädchen den Laden betraten. Kaum älter als zwanzig, schienen ihre besten Jahrzehnte bereits hinter ihnen zu liegen. Während sie eintraten, sah ich Carlos, den Mestizen, hinter ihnen winken. Er machte mir Zeichen, *er* habe mir die beiden besorgt. Sofort nahmen die Frauen Kurs auf mich, ich saß in der Falle. Links und rechts hatten sich die Mädchen aufgebaut, draußen wartete Carlos. Ob ich Deutscher sei, wollten sie wissen, legten ihre Hände auf meine Schenkel und strahlten mich an.

Resigniert bestellte ich Bier für die beiden, die sich mir als Jolanda und Griselle vorgestellt hatten. Gemessen an der Schönheit anderer kubanischer

Frauen waren sie häßlich und grau, bereits vom Karma des Alters umflort. Sie hatten unreine Haut, waren unterernährt und wirkten nicht sonderlich sauber. Sie trugen Shorts und enganliegende Bodys aus Lycra. Sie lachten mich mühselig an, denn auch sie wußten, daß sogar die Touristen in dieser Stadt nicht gutmütig sind, daß unsereins schon morgens gereizt ist, weil wir feststellen müssen, daß das Zimmermädchen die Zahnpastatube geklaut hat – weil Zahnpasta auf dieser Insel so selten ist wie eine selbstlose Seele und auf anderem Wege nicht zu besorgen.

Obwohl ich wortkarg blieb, schienen die beiden Mädchen schnell besserer Laune zu sein. Lachend öffnete Griselle ihren Mund und zeigte ihre Goldzähne her.

In mir ging eine Veränderung vor. Auf Griselles ungepflegten Fingernägeln blätterte der Lack ab, ihr Kraushaar war filzig – als sie jedoch ihr ungezähmtes Lächeln freiließ, wirkte es auf mich, als habe jemand einen Vogel aus dem Käfig gelassen, der nun zwitschernd seine Kreise flog, um sodann gen Himmel zu schießen. Urplötzlich wirkte das Licht milder und weicher, und ein Anflug von Unschuld und Natürlichkeit trat in den Raum, deren unvermutetes Erscheinen mich friedvoller stimmte. Wie durch einen gutherzigen Zauber schienen alle Anwesenden – der Barmann, die wenigen Gäste, die beiden Frauen – schöner geworden. In diesem

Augenblick, da ich die Veränderung wahrnahm wie eine mich sanft durchströmende Welle, spürte ich erneut Griselles Hand auf meinem Bein. Eine elektrische Spannung entlud sich, in meinen Lenden regte sich das eben noch schlafende Tier. Im Hochgefühl der jäh entbrannten guten Laune, die mir, ohne daß ich es spürte, wie ein Joch um den Hals gelegt worden war, trug ich dem Bartender auf, Carlos ein Bier vor die Türe zu bringen.

Als wir das *Nautilus* stolpernd verließen, erschien wie ein rotglühender Schwamm die Morgendämmerung über dem Meer. Sogleich war Carlos zur Stelle, um mit mir über Griselles Preis zu verhandeln: 40 Dollar plus die Kosten für ein Zimmer, eine *casa partikulara*. In meinen Adern tobte eine Art karnevalistischer oder auch nihilistischer Freude, der Alkohol hatte mich freigebig und unvorsichtig gemacht. Nickend stimmte ich zu, und eilfertig winkte Carlos ein Taxi herbei. Ich war zu müde und zu glücklich, um zu verhandeln.

Zu viert nahmen wir Platz in dem fast schrottreifen Lada, Carlos vorn, ich hinten zwischen den Frauen. Kaum daß wir fuhren, glitt Griselles Zunge wie ein sich windender Fisch in meinen Mund. Das Tier in den Lenden pulsierte und tanzte.

Fünf Minuten später stoppte das Taxi vor einem heruntergekommenen Mietshaus, das sich in der dunstigen Morgendämmerung wie eine auf ihre

Gehhilfe gestützte Greisin müde in den Himmel reckte, nur um in Kürze kraftlos in sich zusammenzusacken. Carlos forderte fünf Dollar für den Taxifahrer von mir. Es war Wucher, auch mit einem Dollar wäre der Fahrer zufrieden, aber auch diesmal war ich zu müde, um noch lange zu feilschen: Ich zahlte.

Im Treppenhaus roch es – wie im *Nautilus*, wie in allen Gebäuden Havannas, ausgenommen vielleicht der Palast des Präsidenten – ebenfalls nach Urin und Fäkalien. Es gab kein Licht, so ging Carlos mit meinem Feuerzeug voran, um uns allen zu leuchten. An einer Tür im vierten Stock klopfte er an. Eine ältliche Matrone öffnete, schien keineswegs irritiert, so spät noch Besucher zu empfangen, und ließ uns herein. Sofort nahmen sie und Carlos ihre Verhandlungen auf, während die Mädchen und ich im nackten Licht der engen Küche standen, in der bereits ein greiser Engländer mit einem jungen Ding an seiner Seite darauf wartete, daß endlich ein Zimmer frei werden würde. Die Wohnung bestand einzig aus der winzigen Küche und jenem anderen Raum, aus dem das Quietschen der Matratze zu uns hereindrang sowie das Stöhnen eines Touristen, der sich betrunken auf seiner gekauften Chica abmühen mochte. Alles in dieser Küche war schäbig: der Schmutz, die hereindringenden Geräusche, unsere Gefühle, wir selbst. Menschen an einer Bushaltestelle irgendwo im Nirgendwo, die längst die Hoffnung aufgegeben hatten, der Bus würde noch kommen. Nein, nichts und niemand würde sie aus ihrem Dasein befreien und an einen anderen, besseren Ort bringen, und nur der fortdauernde Schmerz in ihren verschrumpelten Seelen kündet davon, daß die Wartenden noch Empfindungen haben, noch immer ein kläglicher Rest Leben in ihnen steckt – wie eine abgestandene, bitterschmeckende Neige in einem zersprungenen Glas.

Carlos trat an mich heran, um zu erklären, ich müsse mich noch eine Stunde gedulden, dann wären Griselle und ich an der Reihe. Außerdem verlangte er zwanzig Dollar für das Zimmer von mir und weitere zehn für sich selbst. Unwillig schüttelte ich nur mit dem Kopf und sagte, ich würde in mein Hotel gehen und schlafen. Das machte ihn auf der Stelle agil.

„Kein Problem, ich besorge ein anderes Zimmer, komm mit!“

Allmählich ließ die rauschhafte Wirkung des Alkohols nach, ich begann, die widerlichen Umstände um mich herum klarer zu sehen, hatte aber Carlos‘ Energie noch immer nichts entgegenzusetzen. Ich folgte ihm und den Mädchen durch das Treppenhaus auf die Straße hinunter.

Weit und breit war kein Taxi zu sehen, doch Carlos erklärte, er kenne ein Zimmer ganz in der Nähe – eine glatte Lüge, denn zwanzig Minuten später trottete ich noch immer durch die trostlosen

Straßen, in denen nichts anderes wohnte als Müll und Depressionen, die wie heimkehrende Fledermäuse durch das dunstige Morgenlicht kreischten. Carlos jedoch schien guten Mutes zu sein; kein Wunder, er hatte inzwischen seine zehn Dollar bekommen.

Das nächste Haus wirkte wie die Eingangspforte der Hölle auf mich. Ein schwarzes Loch verschluckte uns, wie eine Ratte einen Käfer verschluckt; wie eine Eiterbeule platzte die Furcht in mir auf, und ich kalkulierte, hierher gelockt worden zu sein, damit man mich genüßlich sezieren und ausrauben könne, während Carlos immer wieder beteuerte, ich bräuchte keine Angst zu haben, alles unter Kontrolle, gleich hätte er ein Zimmer besorgt und ich würde von Griselle den Orgasmus meines Lebens bekommen. Doch inzwischen war ich dumpf und stumpf wie ein mißhandeltes Tier. Das Letzte, wonach mich verlangte, war Sex.

Wieder klopfte Carlos an eine Tür. Eine uralte Schwarze, die er aus dem Schlaf gerissen hatte, öffnete uns.

„Gib ihr zwanzig Dollar“, sagte Carlos zu mir. „Das Zimmer, das sie hat, ist sauber und gut.“

Die Alte, Jolanda und er machten es sich in der Küche bequem, Griselle nahm meine Hand, um mich ins Schlafzimmer der Alten zu führen. Dort kam ich wieder zu Sinnen.

Ich verspürte wenig Lust, es mit Griselle, deren Charme sich, jetzt, da die Wirkung des Alkohols nachgelassen hatte, aufzulösen begann, auf dem Bett zu treiben, das noch den Schweißgeruch und die Wärme seiner greisen Besitzerin ausdünstete. Griselle aber hatte sich bereits aus ihren Shorts und ihrem Body geschält und ihre vierzig Dollar bekommen. Gähnend ging sie auf die Knie, um sich am Reißverschluß meiner Hose zu schaffen zu machen. Als ich in der Dunkelheit das fluoreszierende Leuchten eines Augenpaares entdeckte.

„Was zum Teufel ...!“

Ich erhellte den Raum mit meinem Feuerzeug. Auf einem klapprigen Stuhl, halb von einem zerfetzten Vorhang verborgen, hockte ein zahnloser Methusalem und starrte mich an. Mit seiner rechten Hand knetete er sich gemächlich die Hoden, ansonsten wirkte er versteinert und tot.

„Das ist nur der alte Pedro Juan“, sagte Griselle. „Laß dich nicht stören von ihm.“

Eine Minute später hatte ich die Straße erreicht. Ich war aufgesprungen, hatte mein Geld abgeschrieben, und war wie ein Verbrecher geflüchtet, heilfroh, dem Irrsinn entkommen zu sein. Carlos war mir bis ins Treppenhaus gefolgt, aber meine wüsten Beschimpfungen hatten bewirkt, daß er mich ziehen ließ.

Ich nahm die Beine in die Hand, rannte drei Blocks weit, hielt inne und atmete schwer. Keine dreihundert Meter entfernt brandete unbeeindruckt das Meer. In der Ferne ragte der Turm des Hotels *Habana Libri* in die Höhe. Mit zerknittertem Herzen, müde und verärgert setzte ich mich in Bewegung. Verflucht der Tag, an dem eine räudige Hündin Carlos in die Welt gefurzt hatte! Im Grunde aber galt der Zorn nur mir selbst.

Fünf Minuten später entdeckte ich, daß mein Portemonnaie verschwunden war. Griselle! Sie mußte es an sich genommen haben, als mich der Anblick des Greises erschreckte. Ich stoppte eine Fahrrad-Rikscha und beschrieb dem ausgemergelten Fahrer umständlich den Weg.

„Schneller! Schneller!" trieb ich ihn an.

Ich hoffte nicht, mein restliches Geld retten zu können, aber ich wollte meine Kreditkarte und meinen Ausweis zurück.

In dem Moment, als die Rikscha vor dem Haus, in dem ich beklaut worden war, stoppte, rannte Carlos heraus und wirkte, als sei der Teufel hinter ihm her. Mit schreckhaft, weit aufgerissenen Augen stierte er mich eine Sekunde lang an, dann sprintete er die Straße hinab. Ich wußte, ich würde ihn nicht einholen können, sagte dem Rikscha-Fahrer, er solle warten und ging in das Haus. Überall liefen Menschen herum, schrien und riefen, fuchtelten wild mit den Armen.

Ihr Geschrei wies mir den Weg. In der Küche stand, hysterisch, die schwarze Matrone. Jolanda versuchte, sie durch Ohrfeigen zur Besinnung zu bringen. Vor ihnen auf dem Boden, in einer Lache aus Blut, lag reglos Griselle.

„Er hat sie erstochen", sagte Jolanda. „Er wollte die vierzig Dollar, aber sie gab sie nicht her. Da zückte er plötzlich ein Messer."

Das Sonnenlicht schwappte träge zum Fenster herein wie ein ölverseuchte, ersterbende Welle. Ungemindert schoß mir ein schwarzer Gedanke ins Hirn, um sich in ihm auszubreiten wie Algen im Meer: Wäre ich nicht mit ihr gegangen, lebte sie noch. Wäre ich nicht stehengeblieben, als Carlos mich ansprach, läge sie nun nicht wie ein Kadaver auf dem schmutzigen Boden. Und als wäre sie in der Lage, in meinen Gedanken zu lesen – vielleicht weil sie den Schrecken in meinen Augen erkannte – sagte Jolanda mit heiserer Stimme: „Nimm es nicht tragisch! In Havanna wird jedermann schuldig. In unserer Stadt ist für Unschuld kein Platz."

Schweigend wandte ich mich um und lief zur Straße hinunter. Der Rikscha-Fahrer starrte mich an, aber er verlangte kein Geld. Ich hatte den Preis schon bezahlt, vielleicht wußte er es.

* Bloody Mary Spezial

Zutaten: 4 cl. Wodka, eine Prise Salz, eine Prise Pfeffer, einen Schuß Tabasco, eine Prise Chilli-Pfeffer, 2 cl. Soja-Soße, 2 cl. Limettensaft, 6 cl. Tomatensaft.

Alles in ein Highball-Glas geben und umrühren. Mit einer Stange Sellerie servieren.

Georg Weyers-Rojas

Der Niedergang Bad Bröhls

Wenn der Besucher heute die Talstraße der Lohe entlangfährt oder mit dem Dampfer am Sonntagnachmittag eine Kaffeefahrt unternimmt, so kommt er durch eine verlassene Ortschaft, deren verfallene Bauwerke den Reichtum und Glanz vergangener Zeiten erahnen lassen. Bad Bröhl war zu Beginn des letzten Jahrhunderts eine aufstrebende Sommerfrische gewesen. Im Gegensatz zu den vergleichbaren Kurorten im Lande hatte das Örtchen nach den Kriegen jedoch den einstmals guten Ruf nicht halten können und wurde so zu einer Enklave des gehobeneren Bürgertums, der schließlich der jähe Niedergang beschieden war.

In Bad Bröhl hatten sich aus den umliegenden Städten die etwas Reicheren angesiedelt, den Ort zu einem Musterort umgebaut und mehrmals den Preis für die schönste Ortschaft des Landes erhalten. Auch Familie Habewohl war nach Bad Bröhl gezogen und in den Strudel der Ereignisse hineingezogen worden. Eigentlich war es Frau Dr. Habewohl gewesen, die, einer unscheinbaren, aber verhängnisvollen Einladung folgend, aktiv am Geschehen beteiligt war.

Wäre sie nur nicht hingegangen! Freudvoll könnte das Leben der Familie Habewohl immer noch sein, gerade so, wie sie es sich eingerichtet hatten.

Dabei hatte es so harmlos angefangen. Am Morgen lag dieser Brief im Postkasten, eine Einladung an die Frau Gemahlin, die ja bereits durch ihr Abonnement der städtischen Bühnen und ihren Einsatz für die kleine Galerie im Bürgerhaus ihr kulturelles Interesse zur Genüge bewiesen hätte. Als eifrige Feuilletonleserin kannte sie sich in der Geisteswelt aus, ganz zu schweigen von ihrem Doktortitel der Kunstwissenschaften, den sie einst erworben, kurz nachdem sie ihren Mann kennengelernt und geheiratet hatte.

Auch ein Haus war schnell gefunden, in dem kleinen ländlichen Vorort, in den sie zogen, eine Gegend vornehmlich mit gutsituierten Nachbarn, so daß Frau Dr. Habewohl sich voll und ganz ihren kulturellen Interessen hingeben konnte, ebenso wie die anderen Frauen in diesem Orte.

Und an jenem besagten Morgen fand sie diese Einladung zu einem literarischen Zirkel, den Frau Liesmahl und Frau Kenntes, beides promovierte Literaturwissenschaftlerinnen, organisiert hatten und der das kulturelle Leben Bad Bröhls um eine weitere Attraktion bereichern sollte. Man wolle sich, so der Brief, neben der Diskussion neuer Werke profilierter Autoren, auch darum bemühen, den ein oder anderen Schriftsteller zu diesem Zirkel einzuladen und vorzustellen, und darüber hinaus im Bürgerhaus, jedermann zugänglich, das Interesse der Öffentlichkeit an guter Literatur wiedererwecken, das ja leider, leider durch das Fernsehen in der heutigen Zeit einen so starken Rückschlag erlitten habe. Am Mittwoch, dem 9. April, bäte man um 17 Uhr zu Kenntes in den Salon. Jeder solle seine Lieblingsdichtung bei sich führen und zum Vortrag bringen.

Am 9. April pünktlich um 17 Uhr betrat Frau Dr. Habewohl das Kenntessche Haus. In der Hand die Prachtausgabe Rilkescher Lyrik, in Leder gebunden, mit Goldkante und Bleisatz. Bis viertel nach fünf waren alle übrigen Teilnehmer eingetroffen und delektierten sich an den von der Konditorei Dickmanns gelieferten Kuchen. Dann redete man über dies und das, um sich auf ein Zeichen der Gastgeberin in die Bibliothek zurückzuziehen und bei einer Tasse Tee den Werken deutscher Geistesgrößen zu lauschen.

Auffallend war, daß die Mehrzahl der vorgetragenen Texte von Goethe stammten, von Droste-Hülshoff und Rilke und immer wieder Novalis. Schließlich anerkannte man sich gegenseitig den vorzüglichen Geschmack und die anscheinend aus vielen Gemeinsamkeiten bestehende Herzensbildung und scherzte und lachte, oder man brach gemeinsam in Tränen aus, wenn ein Werk gar zu sehr das Gemüt bewegte. Als Frau Dr. Habewohl schließlich Rilkes Mädchenklage vortrug, gab es kein Halten mehr.

Wahre Sturzbäche ergossen sich aus den Augen der anwesenden Damen, sie rauften die frisch frisierten Haare, und es bedurfte einer geraumen Zeit und vieler Gläser eines selbstgemixten *Hawaii Punchs**, bis die Damen wieder zu sich fanden. Frau Dr. Habewohl war der Star des Abends, das stand nun mal fest, und eitelster Stolz ließ ihren ohnehin beachtlichen Busen ins Unermeßliche schwellen. Es war ein schöner Abend gewesen, darüber war man sich einig, und man verabredete sich für die nächste Woche bei Frau Dr. Habewohl zur selben Zeit.

In der nächsten Woche wiederholte sich die Soiree, Frau Dr. Habewohl versuchte die vorherige Gastgeberin im Angebot der dargebrachten Kuchen und Erfrischungen zu übertreffen, und man war darüber eins, daß sich bereits nach zwei Sitzungen der Bad Bröhlsche Literaturzirkel fest installiert habe und aus dem kulturellen Leben des Örtchens nicht mehr wegzudenken sei.

Es folgte Sitzung auf Sitzung, und eines Tages war es soweit: Frau Liesmahl hatte einen jungen Künstler, den sie auf einer Vernissage in der nahegelegenen Großstadt kennengelernt hatte, für den nächsten literarischen Abend verpflichten können. Der Zulauf war immens. Ein echter Künstler gab sich die Ehre, jemand der auf Heines Spuren wandelte, ein neuer Schiller vielleicht – jung war er ja und ungestüm sei er auch –, die Spannung auf den kommenden Mittwoch war schier unerträglich. Bereits um 16 Uhr trafen die ersten Damen ein und harrten des Schriftstellers, der sich für 17 Uhr angesagt hatte. Um 18 Uhr hatte die Nervosität so zugenommen, daß Frau Studienrätin Fünfer einer Ohnmacht nahe war.

„Künstler“, versuchte Frau Liesmahl die aufkeimende Unbehaglichkeit der Situation zu unterdrücken. „Sie wissen doch wie Künstler sind. Sie schweben halt in höheren Sphären. Neulich noch sagte mein Mann...“ Ihre Ausführungen wurden von der Hausglocke unterbrochen.

Tatsächlich.

Er war es.

Rico Raser (das war natürlich sein Künstlername), der Aktionskünstler und Poet, stürmte in den Salon, riß sich die nietenbesetzte Lederjacke vom Leib, steuerte zielstrebig auf die Hausbar zu, goß sich ein Bierglas voll Brandy ein und grüßte die Anwesenden: „N'ahmt.“

Lähmendes Schweigen.

„Herr Raser ist bei den Neuen Lauten“, erklärte Frau Liesmahl, „und man sagte mir, daß er eine große Zukunft hat.“ Die Spannung löste sich augenblicklich, davon hatte man schon gehört. Die Feuilletons der Zeitschriften waren voll des Lobes für die neue, unmittelbare Lyrik der Neuen Lauten, nur hatte man selber noch nichts von ihnen gelesen, wußte aber, daß sie mit ihrer Lyrik neue Wege einzuschlagen suchten.

„Okay, ich hab‘ nicht viel Zeit. Hier mein Gedicht...“ Rico Raser riß sich die Lederkappe vom Kopf und stellte sich in Positur, das heißt, er sprang auf den Flügel des Salons und begann den Vortrag seines Werkes.

„Hasse mal 'ne Mark?
Dampfende Gullis,
Ölschlieren,
Jucken am Sack.

Total grelles Neonlicht
bricht durch die Nacht.
Darin du.
Okay, Baby, laß uns gehen und es uns machen.“

Ungläubiges Entsetzen in den Gesichtern der Frauen. Rico springt vom Flügel, zieht sich die Jakke an, setzt die Kappe auf, tritt vor Frau Liesmahl und fragt: „Wo is' die Kohle?“

Verwirrt überreichte Frau Liesmahl dem Lyriker fünfhundert Mark, der mit den Worten „Ich muß jetzt!“ aus dem Hause eilte.

Nachdem sich die Konfusion gelegt hatte und man benommen das ein oder andere Glas Schlehenlikör auf den Schreck gekippt hatte, versuchte Frau Liesmahl den Abend wieder in die dafür vorgesehenen Bahnen zu lenken. „Also, es stimmt schon“, bringt sie noch leicht stammelnd hervor, „irgendwie ziemlich unmittelbar, diese Lyrik.“

„Also, ich weiß nicht, irgendwie ist mir Heine lieber.“ Frau Kenntes war wieder zu sich gekommen und versuchte nun einen Strich unter das ganze zu ziehen, indem sie aus der Bibliothek einen Gedichtband von Annette von Droste-Hülshoff herbeiholte und ein Gedicht vortragen wollte.

„Ich finde, man muß auch neue Wege gehen können.“ Frau Studienrätin Fünfer blickte kampflustig über ihre randlose Brille hinweg in die Runde. „Lassen Sie uns doch mal dieses Gedicht näher betrachten.“

„Ich hab‘ mitgeschrieben“, meldete sich schüchtern Frau von Graunager, eine zierliche Mittvierzigerin, aus dem Hintergrund und fing sich einen giftigen Blick von Frau Kenntes ein, die sich um ihren Vortrag betrogen sah.

„Sehr gut“, erwiderte Frau Dr. Habewohl. „Lassen Sie uns doch einmal sehen. Irgend etwas muß an diesen Neuen Lauten doch dran sein. Sogar die renommiertesten Verlage drucken Lyrik von denen, und Herr Ramitz lobte sie neulich im Fernsehen.“

Markus Ramitz war *der* deutsche Literaturkritiker schlechthin und genoß selbstredend bei den Damen des Literaturzirkels hohes Ansehen.

„Also, ich weiß nicht, was dran sein soll“, entgegnete Frau Kenntes, worauf Frau Liesmahl sich gefordert sah, ihre Entdeckung in Schutz zu nehmen.

Niemals hätte sie zugeben können, daß der junge Lyriker, den ihr der berühmte Maler und Bildhauer Hans Eberhard Blaufeld persönlich wärmstens empfohlen hatte, eine Niete sei. Dies würde auch so gar nicht zu Hans Eberhard Blaufeld passen, auf dessen Bekanntschaft sie so stolz war. „Wie ich schon sagte, irgendwie so ... so ... unmittelbar“, versuchte sie Frau Kenntes zu interessieren.

„Der Künstler will doch augenscheinlich ausdrücken, daß in einer Welt wie der heutigen das Gefälle zwischen den Klassen wieder einmal mehr in das Bewußtsein der Menschen zu rücken sei und signalisiert dies doch eindeutig durch das Voranstellen der ersten Frage und – dies möchte ich betonen – der einzigen Frage, die in dem ganzen Gedicht vorkommt. Ich wiederhole: in der ersten Zeile! Lesen Sie doch noch einmal die erste Zeile vor, Frau von Graunager.“

Frau Selbdritt, die engagierte Kirchenkreisvorsteherin hatte ihr Strickzeug zur Seite gelegt und schaute Frau von Graunager auffordernd an.

„Hasse mal ‘ne Mark?“

„Eben“, betonte Frau Selbdritt. „Und was passiert dann? Eine Ortsbeschreibung. Eine trostlose Landschaft, die wieder einmal mehr die Aussichtslosigkeit der Armen in reflektierender Weise vorstellt. Der Künstler will aufrütteln, ein Stück weit unbequem sein. Dampfende Gullis, Ölschlieren, Jutesack...“

„Jucken am Sack“, korrigierte Frau von Graunager und stürzte Frau Selbdritt damit in eine tiefe Sinnkrise.

„Das ist doch nur ordinär“, meldete sich Frau Kenntes zu Wort. „Jucken am Sack. Eine Geschmacklosigkeit sondergleichen! Das ist keine Lyrik, das ist Schweinkram!“

„Keine Lyrik, würd‘ ich nicht sagen“, meldete sich Frau Bauleu, die Frau des Hochbauunternehmers zu Wort. „Am Ende ist eindeutig eine Alliteration vorhanden: ‚Darin du.‘ Ich meine, der Künstler will hier auf die Ursprünge der deutschen Lyrik auf-merksam machen und in Verbindung mit der Aussage, die Frau Selbdritt uns eben erläutert hat, das ewig Wiederkehrende....“

„Schwachsinn!“ entfuhr es Frau Kenntes. „Das ist offener Aufruhr, was der Mann da will. Klassenkampfliteratur! ‚Dampfende Gullis, Ölschlieren, total grelles Neonlicht‘ und am Schluß die Aufforderung an seinen Nachwuchs, diesen Dreck zu fabrizieren. Unsere schöne Welt in Dreck und Schmutz ersticken zu lassen.“

„Äh, ich glaube, ich kann da nicht ganz folgen“, unterbricht Frau Dr. Habewohl.

„Ist doch ganz klar: ‚Baby‘ also ist sein Nachwuchs oder meinetwegen die nächste Generation schlechthin, ‚Laß es uns machen‘ meint: laß und die dampfenden Gullis, die Ölschlieren, das Neonlicht machen.“

„Daß ich nicht lache!“ platzte es aus Frau Bauleu heraus. „Sie sehen überall den Klassenfeind lauern, Frau Kenntes. Anarchie, wohin man sieht. Sie sind doch total verblendet und darum nicht in der Lage, echte neue Lyrik zu erkennen. Sie hätten Heinrich Heine doch auch nicht akzeptiert, hätten Sie damals gelebt.“

„Rote Sau!“ schrie Frau Liesmahl, und damit nahm die Form der Auseinandersetzung eine bedenkliche Richtung an. „Dick im Geld sitzen, aber der Anarchie freien Lauf lassen, das sieht Ihnen und Ihrem Herrn Gemahl wieder mal ähnlich. Ist ja auch kein Wunder, bei der Herkunft.“

„Meine Damen ...!“ Frau Graunager versuchte aufgeregt, die Gemüter zu beruhigen. „Es ist doch nur ein Gedicht.“

„Nur ein Gedicht?!“ Frau Studienrätin Fünfer ergriff das Wort. „Dann lassen Sie mich Ihnen mal sagen, daß Worte Welten verändern können. Kant, Hegel, Descartes ...“

„Lassen Sie mich doch mit Ihrem intelektuellen Geseire zufrieden. Sie gehen mir damit langsam wirklich auf den Geist.“ Die ansonsten so harmlose Frau Selbdritt schaute gehässig auf Frau Fünfer, Frau Kenntes rannte wutentbrannt zur Garderobe und gab im Hinausgehen Frau Bauleu zu verstehen, daß der geplante Anbau an ihre Villa sicherlich nicht von deren Ehemann ausgeführt werde. Zum Entsetzen von Frau Liesmahl nahm sie bei ihrem Weg durch den Vorgarten demonstrativ die Abkürzung durch die Rabatten.

„Wenn Sie nicht mitgeschrieben hätten, wäre es nie so weit gekommen.“ Frau Bauleu funkelte die in Tränen ausbrechende Frau Graunager an, die laut wienend die Soiree verließ.

Auch Frau Bauleu verließ wutschnaubend das Krisengebiet, nicht ohne beim Hinausgehen wie zufällig die chinesische Vase, ein Erbstück der Familie Kenntes, der Schwerkraft anheimzugeben. Frau Kenntes brach daraufhin bewußtlos zusammen, was Frau Habewohl in der Annahme bestätigte, daß Frau Bauleu tatsächlich eine verkappte Klassenkämpferin sei, weswegen sie ihr lauthals die Freundschaft aufkündigte.

Ein letzter Versuch Frau Graunagers, die aufgerissenen Gräben durch ein groß angelegtes Barbecue wieder zu verschütten, scheiterte kläglich, nachdem Frau Fünfer aus einem nichtigen Anlaß die wertvolle Tropenfischzucht Herrn Graunagers dem Swimmingpool überantwortet hatte, woraufhin Herr Graunager seinerseits Frau Fünfer mit den Fischen vereinte.

Frau Dr. Habewohl, deren Mann an diesem Abend verhindert war, sah sich nach dem Versuch, eine Fabel von Lafontaine anzubringen, dem geschlossenen Volkszorn gegenüber, mußte, um nicht Schaden an Leib und Leben zu erleiden, das Feld räumen, und konnte die Verwüstung des Graugansschen Anwesens nicht mehr miterleben. Um es kurz zu machen: Der Abend hatte nicht die erwünschte Wirkung, sondern führte im Gegenteil zu einer weiteren Verschärfung der Gegensätze.

Am nächsten Morgen wunderte sich Herr Dr. Habewohl, daß alle ortsansässigen Mandanten ihre Gerichtsvollmachten zurückzogen. Herr Bauleu verlor vier wesentliche Bauaufträge und sah sich alsbald gezwungen, Konkurs anmelden. Die Harmonie von Bad Bröhl, der Eckpfeiler der Gesellschaft, war mit einem Mal verschwunden.

Das örtliche Ratskeller, bislang allabendlicher Treffpunkt der Bad Bröhlschen Männerwelt, schloß die Pforten für immer, das Bürgerhaus wurde mangels Mitarbeiterinnen gleichfalls geschlossen, und die Bürger von Bad Bröhl zerstreuten sich im Laufe der Zeit in alle Winde.

Damit wurde Bad Bröhl zu dem, was es heute ist: ein ehemals glanzvoller Ort mit verfallenden Hausfassaden, verlassenen Straßen, durch die im Herbst das welke Laub der Blätter weht, und wo der Regen die immer spärlicher werdende Farbe von den Gebäuden wäscht.

Und da soll noch einer sagen, daß Literatur nicht die Welt verändern könne.

* Hawaii Punch

Zutaten: 3 cl. weißer Rum, 3 cl. brauner Rum, 2 cl. Kokosnußcreme, 4 cl. Cranberry-Juice, 4 cl. Orangensaft.

Im Shaker schütteln und – on the rocks – in ein Highball-Glas füllen.

Laabs Kowalski

Tödlicher Norden

Himmel, es ist immer dasselbe: Einbeinige wollen Tretroller fahren, Blinde im Urlaub die Landschaft fotografieren, und Sumo-Ringer träumen davon, als Jockey Karriere zu machen. Und auch ich bin nicht besser und meinte unlängst, ausgerechnet in Schleswig-Holstein Entspannung finden zu können, weshalb ich beschloß, meinem alten Zechgenossen Dennis Kopeike einen Besuch abzustatten. Er wohnt in einem Dörfchen namens Kükelühn und ist mit einer zickigen Blonden aus Lemgo vermählt, die in einem Slipeinlagenwiederaufbereitungswerk in Flensburg angestellt ist. Dennis dagegen hatte mir gegenüber immer damit geprahlt, der Leiter eines Blowjob-Schulungscenters in Worpswede zu sein, was sich bei meinem Besuch allerdings als faustdicke Lüge erwies. Tatsächlich arbeitet er nämlich als Babysitter für die Firma „Säuglingsbetreuung Herodes“. Mir schien dieser Name nicht sonderlich glücklich gewählt, aber da die Mehrheit der Menschen dort oben im Norden zum Zwecke der Fortpflanzung auf den Verwandtenbeischlaf zurückgreift, sind die Nachkommen zumeist mit einem IQ ausgestattet, der auch dann nicht dreistellig wird, wenn man ihn mit sich selbst multipliziert. Als Folge des angeborenen Schwachsinns gebären ihre Hirne allerlei sonderbare Ideen. So trägt die einzige Kneipe des Ortes den Namen *Aknekubikfrosch*. Sie wird übrigens von einem gewissen Hinark Bräse geführt, der in seiner Jugend einmal holsteinischer Vizemeister im Showkoten gewesen sein soll. Stolz wollte er mir seine Medaille zeigen, hatte sie aber verlegt.

Um die Zeit meines Aufenthaltes nicht unnütz mit Gesprächen zu vergeuden, schlug Dennis vor, eine der sich BSE-artig ausbreitenden Oldie-Partys aufzusuchen, im Volksmund auch als Resteficken bekannt. Oh, welch poly-abscheulicher Anblick sich uns beiden dort bot! Menschen, die sich einer illusorischen Begattungshoffnung anheimstellten, zelebrierten zu debilen Klängen des Pop-Pleistozäns einen veitstanzartigen Akuthospitalismus und bewegten sich dabei so elegant wie eine Elefantenhorde, die ein Negerdorf zerwalkt. Frauen, die aufgrund ihrer Körperbehaarung von Affenweibchen zu unterscheiden nur ein versierter Zoologe sich verstünde, verrenkten ihre welken, ballonartigen Leiber zur muffigen Musik, um solcherart von den schweren Traumata ihrer multi-verkrüppelten Kindheit zu künden. Drohend lag der schale Geruch von Scheidenflüssigkeit und Depressionen in der Luft, der uns beim Eintreten sagte: Hier habt ihr es ausnahmslos mit Sozialpädagoginnen und Scheidungsneurotikerinnen zu tun, also seid auf der Hut! Dennis, der einen vollen Kelch geschickt zu leeren weiß, verkrümelte sich sofort an die Theke, ich jedoch wurde das Opfer einer Carmen-Irene, bei deren Anblick spontan der Wunsch in mir keimte: „Jessas, hoffentlich führt heute abend die Geschmackspolizei noch eine Frisurenrazzia durch!“ Denn wahrlich, ihr Haupthaar war durch eine fusselige Dauerwelle entstellt – etwas, was auf mich genauso triebtötend wirkt wie Nacktbilder von Angela Merkel.

Es kam dann alles so, wie es kommen mußte. Ich wachte anderntags an Carmen-Irenes Seite auf, ein resttrunkenes Opfer meines genetischen Triebs, und dachte: „Hoffentlich war sie höflich genug, sich beim Sex mit mir vorzustellen, eine andere zu sein!“ Ich floh ihre Wohnung und machte mich zu Dennis auf, der mich grinsend mit den Worten „Na, du alter Stuntman!“ empfing, was ich gelassen ignorierte. Das Leben ist eben kein Tapeziertisch, auf dem man sich säuberlich alles zurechtschneiden kann. Immerhin hatte der DJ am vergangenen Abend nichts von Supertramp gespielt, und deshalb war ich gewillt, die hinter mir liegende Nacht trotzig als gelungen zu bezeichnen. Auf Oldie-Partys aber, so schwor ich mir, geh ich nie wieder. Zumindest aber würde ich keinen *Hurricane No. 1* * mehr bestellen.

* Hurricane No. 1

Zutaten: 3 cl. weißer Rum, 3 cl. brauner Rum, 2 cl. Grenadine, 1 dash Augustura bitter, 6 cl. Maracuja-Saft.

Shaken, in ein Highball-Glas füllen und mit hochprozentigem Rum toppen (= floaten).

Georg Weyers-Rojas

Goethes Elysium

Am 27. Mai 1795 hatten sich die Nutten im Puff zu Weimar auf einen ruhigen Abend eingestellt. Man spielte Rommé, trank Champagner und erzählte sich Anekdoten aus der Kindheit. Alles in allem ein Abend, der, nach dem Hoffest des Herzogs Karl August, den Mädchen eine leichte Erholung vom Beinespreizen versprach. Doch als plötzlich Goethes Sekretär Eckermann eintrat, sank die Stimmung augenblicklich auf den Nullpunkt. Kein Zweifel, der Herr Geheime Rat hatte Bock auf seinen wöchentlichen Fick. Dagegen hätten weder Lulu noch Georgette, noch Juliette, geschweige denn Coleche, die Puffmutter, etwas einzuwenden gehabt. Wenn es sich nicht ausgerechnet um Goethe gehandelt hätte! Der anstrengendste aller Kunden.

Das Problem: Man verstand ihn nicht. Darum fungierte Goethes Sekretär und Freund Eckermann stets als Übersetzer und war bei allen seinen Liebeseskapaden anwesend. „Eine echt perverse Sauerei", wie es die junge Christine einmal auf den Kopf formulierte. Und das Eintreffen des Sekretärs konnte nur bedeuten, daß Goethe nicht lange auf sich warten lassen würde. Eilig knobelten die Mädchen, wer den Meister heute bedienen sollte. Juliette verlor. Und da stand er auch schon in der Tür.

„Oh, all Ihr Nymphen, heitere Hetären,
Auf, frisch ans Werk, das will getan,
Von euerem Ambrosia, da will ich kosten,
Mich hingeben der Wollust Wahn.
Will mich vor allen Jungfern heut‘ verbeugen,
Laßt gleiten mich in Amors Arm!
Heut‘ will ich Freuden kosten, die ich nie zuvor erfahren,
Und mich mit allen Mädchen paaren.
Will sie mit meinem Nektar tief beglücken,
Wie Nektar auch beglückt der Bienen Schwarm.“

„Was will die alte Sau denn jetzt schon wieder?“ fuhr Christine Eckermann an, für den diese Abende immer furchtbar peinlich waren. „Der Herr Geheimrat wünscht sich... ääh ...“ Weiter kam Eckermann nicht, denn es fuhr ihm die greise Puffmutter dazwischen.

„’nen Rudelbums! Das will er, der geile Bock!“ Die Mädchen erstarrten. Ein Rudelbums! Das konnte wieder dauern! Widerwillig machte sich Juliette am Hosenstall des Dichters zu schaffen, der fröhlich vor sich hin dichtete.

„Mit Sturmgewalt soll jene Woge kommen,
Die schaumgekrönt des Lebens Kraft versprüht.
Aus meinem Schwert, das ganze Arbeit leistet,
Und Sieg dem Sieger schenkt, dem Sieg gebührt.“

„Von wegen, Schwert, eher Regenwurm“, murmelte Lulu, mit einem Seitenblick auf Goethes schlaffes Glied. Doch der Geheimrat kam zwar immer verdammt spät, hatte aber noch sehr gute Ohren. Auf seine weiche Nudel deutend antwortete er reimend:

„Weint, Mädchen, hier bei Amors Grabe;
Hier sank er von nichts, von ohngefähr darnieder.
Doch ist er wirklich tot? Ich schwöre nicht dafür:
Ein Nichts, ein Ohngefähr erweckt ihn öfters wieder.“

„Was will er?“ Eckermann übersetzte: „Herr Geheimrat läßt sich entschuldigen. Er hat bereits am Nachmittag das Freudenhaus von Jena inspiziert, was eine gewisse Schwäche seinerseits sicherlich entschuldigt. Doch äußert er sich zuversichtlich, wenn Mademoiselle Lulu bereit wäre, ihr Gewand gegen ... wie soll ich sagen ... eben ein Nichts, ein Ohngefähr zu ...“

„Lulu, pack die Titten aus!“ kläffte Coleche dazwischen.

Und tatsächlich, augenblicklich, als Goethe sein Gesicht in Lulus üppige Oberweite vergrub, regte sich schon wieder seine Manneskraft. Unglücklicherweise bekam er aber auch sofort wieder eine neue Idee.

„Arkadien, wie süß durchsäuselt dort wohl Äols Harfe
Die Pinie, die geilend prangt in ihrem Pinienhain?
So soll ein Wind auch meine Harfe spielen,
Und ihr Ton, er weise mich in das Elysium ein.“

„Der Herr Geheimrat möchte...“ begann Eckermann. Doch Georgette antwortete, bereits mit vollem Mund: „Fon verftanden, er will einen geblafen.“

„Es küßt sich so süße der Busen der zweiten,
Als kaum sich der Busen der ersten geküßt“,

keuchte Goethe, während er begann, Janettes Brüste zu kneten. Jetzt gab es ein großes Auf und Ab. Lulu drückte ihm die Titten ins Gesicht, Georgette lutschte an seinem Schwanz, und Janette faßte ihn bei den Eiern, während der Dichter mit der Zunge ihre Himbeeren bearbeitete. Für Eckermann war das zuviel. Seufzend sank er auf dem Kanapee in Ohnmacht. Jetzt steigerte sich Goethe zur Raserei.

„Oh, all ihr Berge und ihr Täler,
Wo donnernd braust des Baches Schwall.
Euch will ich mit meinem Wanderstab durchstreifen,
Und staunend schau’n so manchen Wasserfall.“

„Er will was zu trinken,“ spekulierte Janette.

„Quatsch“, meinte Lulu, „der will ’nen Tittenfick!“ und drückte ihm ihre enormen Brüste noch ein wenig fester ins Gesicht.

„Ja, bleibt uns denn gar nichts erspart...!?" stöhnte Georgette und begann seinen Schwanz mit ihren wohlgeformten Brüsten zu bearbeiten.

„Elysium! Elysium!" schrie Goethe und trieb die Mädchen damit zu Höchstleistungen an.

„Elysium! Elysium! Oh Du, mein göttliches Elysium!"

„Kann der nicht einmal, wie alle anderen auch, sagen: ‚Ich komme, ich komme'?" nuschelte Coleche in ihr Doppelkinn und schrieb die Rechnung, während sich Goethe zwischen Georgettes Liebesäpfeln ergoß.

„Oh, Ihr Geschöpfe des Himmels! Ihr seid wahrlich eines Zeus würdig", rief der Dichter, als sich Georgette das Sperma vom Busen wischte. Er küßte noch einmal Lulus Nippel, und Eckermann erwachte rechtzeitig aus seiner Ohnmacht, um den erschöpften, aber glücklichen Meister sagen zu hören:

„Das war ein Fest für meine Sinnen!
So wollt' ich jeden Tag beginnen.
Und euer Lohn für all die Tändelein
Soll dereinst Nektar und Ambrosia sein."

„Nix da!“ meldete sich Coleche, „32 Taler und 50 Kreuzer. Das ist unser Lohn. So Schweinereien kosten extra. Der Wein geht aufs Haus.“ Sie knallte ihm die Rechnung hin, Eckermann zahlte anstandslos, und die Mädchen freuten sich, daß sie den Dichter jetzt wieder für eine Woche los waren. Aber der Furz, den Goethe beim Verlassen des Puffs losgelassen hatte, hing noch drei Tage später im Salon.

Nun, der Herr Geheime Rat wird das folgende Getränk nicht gekannt haben. Obenstehender Geschichte zufolge hätte ihn aber bestimmt bereits dessen Name zu entzücken gewußt.

Angeltit No. 1

Zutaten: 4 cl. weißen Rum, 2 cl. Amareno, 3-4 cl. Sahne, 6 cl. Orangensaft.

Im Shaker gut schütteln, in ein Longdrinkglas füllen, mit Zimtpuder und einem Minzblatt dekorieren. Achtung: keine Amareno-Kirsche dazustecken. Wirkt unmaskulin!

Christoph Heitmann

Muh! macht die Lesbe, kichert und verschluckt sich am Tofu-Döner

(Eine Kolumne aus unglaublich ferner Zeit)

Zum 35. Mal wiederholt sich ich in diesem Jahr, 2001, mein Geburtstag. Ich bin ein alter Sack. Aus einem vergangenen Jahrtausend. Das bißchen Leben in mir reicht nicht mal mehr für warme Füße! Ich zahle Steuern, werde gesiezt und habe bezahlten Urlaub – das war's also. Angenehmerweise entwickelt die Hoffnung keinen Verwesungsgeruch.

Nun wird sich aber so was von huschhusch zu den Sauriern gebettet! Auf der linken Spur des Lebens erwartet mich allenfalls aggressives Hupen und auf der rechten rammen Traktoren meinen Kofferraum. Nee, nun hat sich's. Ich bin zu eitel, Neue Mitte zu werden. Aber immer, wenn man Freund Hein erwartet, dann steckt er im Stau oder vertut sich in der Hausnummer. So läßt sich derweil prima das Rad der Wiedergeburt ölen.

Zwischen den Jahren setzte mich also mal hin und ein Testament auf. "Mein letzter Wille", begann ich. Dabei blieb es.

Welch ein existentialistisches Manifest! MEIN LETZTER WILLE und darunter NICHTS, nur papierne Polarlandschaft! Ich ließ mein Testament in der Gaststätte *L* plakatieren und führte akribisch Statistik darüber, wer fortan nicht mehr kam, und nahm im Interesse der Wissenschaft Selbstmord billigend in Kauf. (Anderthalb Jahre später schloß ich das Experiment ab, nachdem Abel, der langjährige Inhaber des *L*, den Laden aufgab.)

Es ist ja gar nicht mal das Bitterste, außer Plunder von der Resterampe nichts Vererbenswertes angehäuft zu haben – mein mich selbst zu Tränen rührendes Scheitern besteht darin, in über 34 Jahren niemanden gefunden zu haben, der sich zwingend des Geraffels annehmen müßte.

Am ersten Mittwoch des Jahres beschloß ich, diesen Zustand zumindest für eine Nacht zu nivellieren. Ich überließ meinem Schwanz die Steuerung, und er führte mich geradewegs zu einer Single-Party im *Wiener Steffie*, der asigsten Disco Kölns. So eine Kerpenerin oder Bergheimerin oder sonst eine Blume aus einem genetischen Krisengebiet mit eigener Postleitzahl sollte, bevor das Hamsterrad des alltäglichen Verlierens in Gestalt und Geräusch von Wecker und Radio Erft (gesprochen *öhrwwwt*) zur morgendlichen Rotation angeschwungen wird, das verteidigungswürdigste Wesen für mich auf diesem Erdball sein.

Trotz niedrigster Vorsätze – Beute machte ich keine. Man ließ mich erst gar nicht rein! Ich durfte einen Ort nicht betreten, an dem Frauen bei *Zeig doch mal die Möpse* mitsingen und man sich mit

Spirituosen wie *Schlüpferstürmer* gegen Spontan-Herpes impft. Dabei war ich an dem Abend mindestens so notgeil wie Robinson Crusoe am Donnerstag, hatte mich in meine teuersten Tücher gewandet, war sogar parfümiert, und dennoch – Asylantrag am Schlagbaum abgelehnt.

Einem rasierter Affe mit einer Stoppel-Frisur in Form eines Dreispitz' tat es zwar leid, aber man bestehe auf Abendgarderobe. Es war Winter! Ich trug Lederjacke und Schal – für ihn keine Abendgarderobe. Denn in seiner Sprache bedeutete „Es wird Abendgarderobe verlangt" soviel wie: „Du bist einfach zu garstig für uns. Deine Anwesenheit bedeutet Negativreklame, du geschäftsschädigende Hackfresse. Du vergraulst mit deinem Bäh-Kopf die Weiber, die andere kriegen könnten."

Was macht man in so einem Fall? Da kann man ja noch nicht einmal den zivilen Ungehorsam des Verbraucherboykotts ankündigen und damit drohen, man käme nie wieder! Das wollen die ja sogar! Und man bedenke: Es war ein Kölner Türsteher! Anderswo könnte man sein Instinktivstes tun, um wegen Körperverletzung angezeigt zu werden, nur – der jeder flinken Bewegung abholde Kölner ist selbst zum Kloppen zu unsportlich. In seiner maßlosen Selbstverkitschung schminkt sich der Kölner seine Lahmarschigkeit gerne tolerant und pazifistisch.

Ich habe noch versucht, ihn zu provozieren und „Ja dann: Helau zusammen!" gesagt, doch keine

Reaktion. Soll ich nun aus schierer Bosheit immer wieder hingehen, bis sie mir das Betreten der Bumsbude gewähren, und den Laden leerekeln? – Wiener Steffie. Ist doch wohl ein Fall für das Auswärtige Amt. In jenen Tagen nämlich mußte sich Joschka Fischer verantworten, weil er einst bei einer Straßenschlacht einen Polizisten haute. Er sollte also zurücktreten, weil er zurückschlug. Hm. Als Vizekanzler macht man so was ja auch nicht, außer vielleicht bei einem Staatsbesuch von Saddam Hussein. Meiner Meinung nach hätte Joschka Fischer Prinz von Hannover werden sollen, dafür hatte er sich eindeutig qualifiziert. Aber was hätte ich mich an Stelle von Joschka Fischer geärgert, nicht Muhammad Ali zu sein! Dann hätte ich nicht aus lauter Wut meine olympische Goldmedaille in den Ohio-River werfen können! „Was? Ihr wollt mich nicht?" Fitsch! Medaille flutsch, blubb! So eine verzweifelt-edle und dennoch theatralische Aktion, aber: für den Fischer nicht machbar. Bloß, weil er nie Cassius Clay hieß. Ich hätte mich darüber so geärgert, daß ich keinen Anstoß mehr daran genommen hätte, mich in meiner Wohnung zu befinden, in die mich der Türsteher nun wieder schickte.

Wahrscheinlich fällt es einem so leicht, sich in Köln zu Hause zu fühlen, weil man ständig nach Hause geschickt wird. Meistens um eins, oft auch schon um 18 Uhr 30.

Wie angeschossen zockelte ich ab, in der Abwärme von Pisse und Auswurf verdunstete der letzte Rest von Selbstwertgefühl. Dann sah ich auch noch, wie vier Jugendliche mit dümmlichem Gesichtsausdruck und weiß Gott schäbiger gekleidet als ich ins *Wiener Steffie* hineingelassen wurden. Sie sahen aus, als wären sie mit der Linie 18 angereist. (Für alle Nicht-Kölner: Die Linie 18 verbindet Chorweiler, Hürth und Brühl miteinander, ist also ein Dickdarm zwischen lauter Arschlöchern. Wer mit der 18 fährt, ist vom Irrglauben der Überlegenheit der weißen Rasse kuriert. Als ich noch tagtäglich mit der 18 fuhr, kam ich auch noch ins *Wiener Steffie* rein.)

Ich fuhr wieder zurück (mit der 4) ins heimatliche Ehrenfeld, wo das Beste lebt, was in Köln Kohlendioxid ausstößt. Ich stieg an der Station Venloer Straße/Ehrenfeldgürtel aus und machte mir in Höhe des McDonald's zum ersten Mal Gedanken über meine Rente. Im Schotten-Pomm hockten lauter Kiddies und kauten, was die Reste des Regenwaldes den Kühen auf die Rippen gaben. Wie lange dauert die Inkubationszeit von Creutzfeld-Jakob? Aber doch wohl keine dreißig Jahre! (Woran erkennt man eigentlich, ob jemand bei McDonald's einen BSE-infizierten Hamburger gegessen hat? Eindeutige Antwort: Er ißt dort weiterhin Hamburger!)

Bitte keine Panik: Bei McDonald's, vor allem dem an der Ecke Venloer Straße/Ehrenfeldgürtel, wird man kein infiziertes Rindfleisch zu sich nehmen können. Wahrscheinlich gibt's da *überhaupt kein* Fleisch in den Pappkarton. Ich habe jedenfalls noch keine lebende Ratte im Umkreis von fünf Metern eines McDonald's gesehen.

Aber nehmen wir mal an, nur mal so, um das hier in die Länge zu strecken, rein hypothetisch, BSE würde per Autobahn, Stoßstange und Autoreifen auf Tiere übertragen. Nehmen wir des weiteren an, ich erreiche das 60. Lebensjahr. Sollen dann Vegetarier meine Rente abdrücken?

Es ist so ungerecht, daß der CIA alles vergiftet, was Spaß macht: Sex, Rauchen, Alkohol, Kühe essen. Könnten die nicht mal eine Gemüse-Seuche, eine Dill-Pest oder eine Brokkoli-Lepra erfinden? *Ebola* wäre doch ein prima Name für Pasta mit Algenfüllung gewesen! Wie sieht denn das aus, wenn alle Fleisch- und Sexnormalverbraucher aussterben und dann nur noch diese spirrigen und humorlosen Vegetarier übrigbleiben, wenn die Außerirdischen landen?

– „Habt ihr Fragen an uns, Erdlinge?“
– „Ja. Wieso ist keine Frau bei uns gelandet? Soll das etwa Abendgarderobe sein? Außerdem blockiert ihr mit eurem Raumschiff unseren Krötentunnel. Und ihr hättet ja auch mit öffentlichen Verkehrsmitteln kommen können. Die 18 fährt alle zehn Minuten!"

Da würde man sich doch so dermaßen schämen, daß man dann am liebsten gar nicht tot sein möchte. Und wenn die Aliens ausgerechnet an dem Wochentag landen, an dem in der Lesben-WG traditionell Kniffel-Abend ist, kriegt überhaupt niemand die Ankunft mit!

Ja, Frauen werden die letzten Menschen auf diesem Planeten sein. Sie sind nämlich gar nicht so doof und wissen, daß die Gentechnologie die Frau eines Tages überflüssig machen wird. Männer haben X und Y-Chromosomen und Frauen nur zwei X. Also hat der Mann alles, was zur Fortpflanzung benötigt wird. Ins Reagenzglas wichsen – fertig. Keine Ringe mehr, kein *Woran-denkst-du-jetzt?,* kein blauer Urin mehr in der Watte der TV-Spots. Weil das auch die dümmste Frau erkannt haben muß, hat sie sich vom biologisch ersetzbaren zum besseren Menschen aufgeschwungen. Seit etwa 30 Jahren, als der Feminismus schick wurde, arbeiten sie an der Ausrottung der männlichen Hälfte der Menschheit. Sie lassen sich nicht mehr heiraten, wollen keine Hausfrauen mehr sein. Folge: Es müssen immer mehr Single-Wohnungen gebaut werden, jeder Einzelne besitzt den Kram, der für eine ganze Familie taugen könnte. Folge: Immer mehr Wälder müssen für Single-Wohnungen abgeholzt werden, immer mehr Ressourcen werden vernichtet. Viele Singles befriedigen ihre Triebe bei

Prostituierten, holen sich AIDS und sterben. Es gibt niemanden mehr zu Hause, der auf einen wartet und das Essen kocht, und zwar obendrein auch noch so, daß schmeckt, die Laune bessert und zur Erhaltung der Gesundheit beiträgt. Folge: Die Nahrungsmittelindustrie produziert billigen, ungesunden Fraß, der einen schneller krank macht und früher altern läßt. Folge: Man wird vor der Zeit häßlich, kommt nicht mehr ins *Wiener Steffie*, schreibt diese Kolumne und wird von einer doofen Emanze erschossen.

Angesichts einer so primitiven Taktik läßt sich, wenn man vom *besseren* Menschen spricht, allenfalls über eine Qualität des Bösen diskutieren. Wer würde auf die Idee kommen, ein Volk auszurotten, wenn er zu Hause eine einigermaßen hörige und hübsche Frau hätte, die auch noch gut kochen kann?

- „Eva! Werr hat döse gänzlich ungenissbarre Frrikadelle zsammmgematscht?!“
- „Äh, Adolf, ähm ... Die Juden!"
- „DÄ JODN?!“
- „Es kann auch der slawische Untermensch gewesen sein, Adolf!“
- „Krtzgmnnngescchkstztzritzn!“

Und fortan identifizierte sich der Österreicher mit dem grotesk unarisch grasfressenden Elefanten. Das kommt dann dabei raus.

Irgendwann werden Frauen alle Y-Chromsomen-Träger ins Sperma-KZ stecken, wo sie unsereins dann regelmäßig abmelken. Draußen häkeln sich die Frauen das Paradies zusammen, wir spielen drinnen mit den Kumpels Skat, trinken Bier und grölen Westernhagen-Lieder. Klar, es gibt Schlimmeres. Wenn die Mütter keine Lust mehr auf's Stillen haben und der Knabe begreift, daß er nicht schlechter, sondern lediglich anders aussieht als Kai Pflaume, kommt er zu uns in den Sperma-Knast. Irgendwann meint dann die Türsteherin des *Wiener Steffie*, das wäre ja wohl keine Abendgarderobe, und sie servieren dir das Separatoren-Gulasch. Bis dahin machen wir es uns mit den Brionen noch ein bißchen gemütlich. Viele verdienen ja auch daran, viele Komiker.

„Ich glaube, Rinderwahn ist schon viel früher ausgebrochen ... Als ich diese lila Kuh das erste Mal sah ..."

Lustig. Hahahahmmmmpfrrttt!

Aber es stimmt wohl, daß BSE viel älter ist, als wir annehmen. Meine erste Erfahrung mit Wahnsinn habe ich tatsächlich im unmittelbaren Zusammenhang mit toter Kuh gemacht. Als Kind. Ich war nämlich sehr frech. Manchmal war ich auch unartig. Es gab damals für das Verhalten von Kindern keine anderen Adverbien als „frech“ oder „unartig“. Daß Kinder süß oder klasse oder liebenswert sein können, kam erst in den 80ern auf. (Und zwar durch Herbert Grönemeyer. Deswegen stimmt's ja auch nicht.)

Als Jugendlicher war ich dann nicht mehr frech oder unartig. Da war ich dann schon „fies".

War ich also unartig oder frech, pflegte meine Oma zu sagen: „Geh mal zum Metzger und bestell ein Pfund Haumichblau."'"

Dann lachte die Oma. Ich verstand sehr wohl, daß diese Bitte einem Auftrag, sich verprügeln lassen zu wollen, gleichzusetzen wäre. Gruselig fand ich allerdings die Vorstellung, daß dann tatsächlich der Metzger hinter seiner Theke mit den Kadaverexponaten hervorkäme, um wonnig ein kleines Kind zu verwemmsen, mit der platten Seite des Schlachtermessers womöglich. Ich habe das mal ausprobiert. Ich betrat die Metzgerei Wanders und sagte: „Ich hätte gerne ein Pfund Haumichblau!" Der insgesamt enttäuschenden, weil müden Reaktion von Frau Wanders nach zu schließen, war ich weder der erste noch der einzige, der solch ein Verlangen vorbrachte.

An gleicher Stelle machte ich auch meine erste Todeserfahrung. Ich war, gemeinsam mit Nicole Becker, Ute Huying, Andrè Helmes, Horst Gammerschlag, Christoph Huber und Klaus van den Boom, auf dem Weg zum Kindergarten und sah, wie eine Kuh in Wanders' Schlachtkammer geführt wurde. Die Kuh war sehr schmutzig und schien sich mit ihrem Schicksal abgefunden zu haben, schaute jedenfalls eher gelangweilt drein. Bis dato dachte ich, mit dem Schlachten einer Kuh verhielte es sich ähnlich wie mit dem Verzehr einer Banane. Der Metzger öffnet die Kuh irgendwie und dann purzeln lauter fröhliche Würste und Schnitzel heraus, die tieftraurig sind, wenn man sie nicht ißt. Oh, wie war das spannend! Die Mädchen protestierten gegen das, was da kommen sollte. Nicole Becker wollte die Kuh kaufen. Ihr Vater war ja reich, der hatte einen Schuhladen, mein Vater war noch reicher, der war Sparkassendirektor, und wir beiden würden ja sowieso demnächst heiraten, und dann käme die Kuh halt bei uns in den Keller. Und wenn sie Hunger hat, die Kuh, führen wir sie auf eine Wiese.

Bauer und Metzger lachten und wuschelten uns durchs Haupthaar. Der vordere Teil der Kuh verschwand hinter einem Mauervorsprung, es wurden Kommandos erteilt, wir hörten ein sehr lautes, schnell verhallendes, hölzernes Geräusch. Mit einem Schnaufen stürzte der hintere Teil der Kuh zur Seite, und ihre Hinterbeine standen waagerecht in der Luft. Die Beine zitterten noch leicht, und ich ahnte, daß der Kuh dieser Zustand nicht gefiel. Alle rannten wir vor Entsetzen schreiend davon; einige weinten und liefen direkt nach Hause.

Allerdings nicht sofort. Wir flohen die grauenhafte Stätte erst, als Frau Wanders urplötzlich hinter uns auftauchte und uns Fleischwurstscheiben anbot.

Danach lebte ich eine Zeitlang vegetarisch, etwa vier Stunden. Beim Mittagessen verweigerte ich das obligatorische Stück totes Tier. Ich trauerte nicht nur um die Kuh – ich befürchtete auch, dieser Kuh, indem ich in ihr Fleisch biß, weitere Schmerzen zu bereiten.

Meine Oma sagte: „Die armen Kinder in Vietnam wären froh, wenn sie das zu essen hätten."

Daraufhin stand ich vom Tisch auf, holte einen Briefumschlag und löffelte die Atzung hinein, meine Oma sollte es an die armen Kinder in Vietnam schicken.

Ich wurde mit der Ankündigung, nie wieder etwas zu essen zu bekommen, ins Zimmer geschickt. Eine Stunde später schlang ich das, was ich hatte spenden wollen, gierig hinunter. Vielleicht hat ja das eine oder andere arme vietnamesische Kind überlebt. Mich hat meine Oma in den Rinderwahn getrieben. So ist das.

Leider ist das Sterben ja mit Angst verbunden. Es ist nicht die Angst vor der Hölle. Wenn man erst einmal mein Alter erreicht hat, dann hat man für seinen Teil die Hölle abgeschafft. Die Existenz des Teufels hingegen muß man akzeptieren – er ist schlichtweg der bessere Mathematiker. Das Ärgerliche am Sterben ist vielmehr das Gefühl, etwas zu verpassen. Daß Hertha BSC doch noch mal einen Titel holt zum Beispiel, oder daß man doch eine trifft, die würdig ist, getroffen zu werden. Und zu diesem Behufe wähle ich häufig die Nummer 0800-5002222. Das ist eine kostenfreie Telefonnummer, auf der sich in zehnsekündigen Selbstportraits Frauen vorstellen, mit denen man auf einer wesentlich kostspieligeren Hotline live sprechen kann. Zum Beispiel: „Biggi. 42 Jahre. Nördliches Ruhrgebiet. Bin vierter Monat schwanger. Suche dich für mich.“ Solche Biggis sind ein nimmer versiegender Born des Wohlgefühls. Sie nehmen einem auch das letzte bißchen Todesangst.

Dank BSE werden wohl auch ein paar Indianer überleben; man wird also nichts Großartiges verpassen. Außer Bewahren und Schonen.

– „Na, Giftgrüner-Kartoffelsalateimer-Dessen-Loch-Die-Umrisse-Von-Berti-Vogts-Stirnglatze-Hat, was machst du denn so?“
– „Och, Heinz-Ohne-Weitere-Mitunter-Ziemlich-Alberne-Attribute, ich komme gerade vom Bewahren.“
– „Du bewahrst aber viel in letzter Zeit, nee?“
– „Hmmm.“
– „Ich bin ja derzeit mehr am Schonen.“
– „Wollt´ ich demnächst auch mal wieder.“
– „Was hast du denn morgen vor?“
– „Da muß ich auch noch mal Bewahren!“
– „Und übermorgen?“

– „Da mach ich mal nix.“

Die sympathischen Ureinwohner kämen nicht mal auf den Gedanken, einen Bruder Baum zu töten, um an seiner Stelle so etwas wie Chorweiler zu errichten und da auch noch mit der 18 hinzufahren!

Auf Zack sind sie aber nicht, die Indianer. Ich würde jedenfalls keinen von ihnen einen Elfmeter schießen lassen.

Wer weiß, vielleicht führt Rinderwahn zu einer großen Versöhnung zwischen rotem und weißem Mann, vielleicht lassen die rechtmäßigen Eigentümer des amerikanischen Doppelkontinents ja sogar Buffalo Bill heiligsprechen, der ihr Volk vor der Hirnauflösung bewahrt hat. Ungerechterweise werden ja auch viele derjenigen überleben, denen die Indianer ihr bisheriges Elend überhaupt zu verdanken haben, nämlich ihren Namensgebern, den Indern. Mit ihren besserwisserischen Luschen-Religionen! Heilige Kühe! Brahmanen statt Brionen! Seit Jahrtausenden bemühen die sich, das Nirvana zu erreichen, meditieren, bis die Seife beim Waschen größer wird, und müßten nur ein einziges Mal bei ihrem Metzger eine Kuh das Om rückwärts sprechen lassen und sich ein blutiges heiliges Steak einverleiben.

Das Nirvana ist ja nichts anderes als Creutzfeld-Jakob im Endstadium: Das Löschen der Begierden und Wünsche, Auflösung des Denkens und des

Selbst, dennoch existent bleiben, sich aber der Existenz nicht bewußt sein. Der Weg zum *Wiener Steffie* ist der Weg dorthin, die Abweisung und das Heimfahren in einem. Buddha, sehr erleuchtet.

P.S.
Auf meinem Anrufbeantworter, 19. Januar, entdeckt gegen 20 Uhr:

„Hallo Christoph, hier ist Ewa. Ich habe nachgedacht, nach meinem letzten Anruf bei dir. Du schläfst mit anderen Frauen – ich darf nichts machen! Den One-Night-Stand mit Jan, den wirst du mir wieder in Ordnung bringen. Und zwar mein Ex-Theater, Theaterschule *La Bouche*, hat wieder eine Aufführung, die Premiere ist am dritten Zwoten. Da ich keine Nummer mehr habe von Jan, wirst du Jan anrufen, bis Montag wirst du ihm Bescheid sagen, daß ich ihn ins Theater mit einlade und wie gesagt, die Premiere ist am dritten Zwoten, also im Februar – und ich will mit Jan dahin! Er, wenn er möchte, kann bei mir auch übernachten. Und wenn das erfolglos ausgeht, absolut Schluß zwischen uns – absolut! Tschüß!

Nun, oft ist es tatsächlich nicht leicht, dem nöligen und irritierendem Singsang des allverleidenden Alltags das Gehör zu verweigern; wie aus Kannen schüttet ein miesepetriges Dasein uns die Gehörgänge zu mit seinen billigen Kakophonien. Da tut es gut, sich auf einen Barhocker zu schwingen und beim Thekenwächter einen *Prince Cocktail* zu ordern. Und damit man diesen auch zu Hause zubereiten kann, hier das Rezept ...

Prince Cocktail

Zutaten: 4 cl. weißen Tequila, 2 cl. 43er Likör, 2 cl. Kokosnußmilch, 2 cl. Sahne, 6 cl. Maracuja-Saft.

Im Shaker gut schütteln und in ein Higball-Glas füllen.

Dagmar Schönleber

Out of Bounds

Es ist fast geschafft. „SCHRUMM!“ macht Mick Jagger auf der Gitarre, „SCHRUMM!“ quietscht Walter vergnügt und improvisiert ein virtuoses Orgelsolo auf der Theke, während er sein langes Haar und seinen langen Bart schüttelt. Die anderen Gäste lehnen erschöpft an oder unter irgendwelchen Hockern oder sind wie Walter jeweils in einem anderen individuellen Universum. Ich kann also guten Gewissens davon ausgehen, daß sie genug getrunken und Spaß gehabt haben, und das wiederum bedeutet, meine Arbeit hinter der Theke ist ordnungsgemäß erledigt. Ich strebe ich jetzt an, ebenfalls ihr Level zu erreichen, und zwar in meiner Lieblingskneipe auf dem Weg nach Hause.

Es ist die tote Zeit zwischen vier und sechs Uhr morgens, da pflügt sich Gitarrengeschrebbel und „1,2,3,4“-Gebrüll schneller durch die Straßen als der Schall und kommt mir schon entgegen, noch bevor das *Out of Bounds* in Sicht ist. Zu dieser Uhrzeit das *Out of Bounds* zu betreten, ist sowohl Fluch als auch Segen, bin ich doch die einzig semi-nüchterne

Person, die sich in die Kette zusammengesunkener Gestalten an der Theke einreiht. Ich setze mich neben Willi, der seinen Kopf rhythmisch zur Musik von *Suicidal Tendencies* auf die Theke haut. Wie immer wundere ich mich, daß das ganze Metall, das in Willis Gesicht baumelt, sich noch nicht plattgebügelt und wie Alu-Folie um sein Profil geschmiegt hat. Die Beschleunigung, die Willis Kopf auf dem Weg zur Theke erfährt, läßt das Schußbein jedes Fußballnationalspielers vor Neid erblassen. Hinter der Theke steht Tom mit einem Gesichtsausdruck, gegen den *der Pate* wie ein junges Reh aussieht und reicht mir wie immer einen Ramazotti und ein Kölsch. Er sieht ein bißchen geschafft aus. Mit einigen geübten, präzisen Gesten erklärt er mir, daß sein Kollege Chris schon seit einiger Zeit komatös auf der Fensterbank liege und er alleine arbeiten müsse. Ich brülle ihm ein paar tröstende Worte zu, beginne mich zu entspannen und beobachte gebannt, wie Tom beiläufig ein paar beginnende Streitereien schlichtet, während er unzählige Jägermeister ausschenkt.

Hinter mir geht die Tür auf und ein dem Aussehen nach gutsituierter, kräftig gebauter und stockbesoffener Herr mit Seidenschal betritt das Lokal. Er stellt sich neben Willi, der seine Nackengymnastik beendet hat, weil sie zu Johnny Cash nicht funktioniert, und bestellt einen Whisky-Cola. Auf der Suche nach seinem Portemonnaie räumt er seine

Mantelinnentaschen aus und befördert unter anderem einen silbernen Edeldildo ans schummerige Kneipenlicht. Willi hält es für ein Feuerzeug und versucht, eine Kippe daran zu entzünden. Als es nicht funktioniert, wird ihm allmählich klar, was er da in der Hand hält, und seine Augen weiten sich vor Schreck. Der Mann legt ihm vertraulich den Arm um die Schultern und lallt: „Der iss kaputt, Batterien sin leer, mussich ma ausnandaschraubn und was machsstu heut nochsso?“ Ich höre nur ein leises Klimpern, was auf das Zittern diverser Piercings in Willis Gesicht zurückzuführen ist. Er rutscht intuitiv weiter zu mir herüber und kann nur zitternd etwas wie „weissnichkeineahnunggarnichts“ hervorbringen. Ich streiche Willi zart über seine Frisur, die mich immer an Bert aus der Sesamstraße erinnert, und sage energisch: „Wir bleiben nicht mehr lange, Hasi, oder?“ Enttäuscht wendet der dicke Mann sich ab, stürzt seinen *Bukowski Highball** hinunter und murmelt: „Schade, und er war so hübsch.“ Und verläßt das *Out of Bounds*. Willi lächelt mir dankbar zu und gibt mir noch einen Ramazotti aus. Im hinteren Bereich der Kneipe fliegt ein kleiner Mann mit einer Lederjacke und *AC/DC*-Aufnähern durch die Luft, denn der Pogo ist auch um diese Zeit nicht vorbei und Jimmy hat so praktische Griffschlaufen auf den Schultern seiner Jacke, daß er mit Vorliebe als Pogoschild benutzt wird. Mittlerweile hat auch Jimmy seinen Spaß daran, und er versucht, haltungstechnisch das Beste aus seiner Situation zu machen, indem er mal hier eine Schraube und mal da einen Salto einbaut.

Eine hochgewachsene Gestalt löst sich aus den Schatten der anderen Thekenseite und steuert auf mich zu, es ist Yanni, Frontmann der legendären Band *Tuberkulose.* Yanni mag dem Neuling auf den ersten Blick wie Herman Munsters jüngerer Bruder erscheinen, da Yannis Kopf meist von diversen Pflastern und Verbänden geschmückt ist. Nicht etwa wegen ausschweifender aggressiver Ambitionen, sondern weil Yannis Kopf große Anziehung auf umherfliegende Gegenstände ausübt. Er begrüßt mich freundlich, erzählt kurz die Entstehungsgeschichte seiner aktuellen Platzwunde und sagt dann im Brustton der Überzeugung: „Hey, Du bist doch eine Frau."

Ich nicke erstaunt.

„Ok, dann kannste das ja. Wir zahlen auch. Ein bisschen jedenfalls. Haste Bock?"

„Auf was, Yanni?"

„Ach so. Wir brauchen eine, die uns anmalt. Für unser neues Cover. Also, ich stelle mir das so vor: Tuberkulose, Name ist natürlich Programm. Also, Wir müssen schon hart rüberkommen. Und gnadenlos. Aber auch so ... individuell. Jeder, der das Cover sieht, soll erstmal nachdenken und trotzdem soll ‘ne Aussage rüberkommen. Und auch irgendwie ...

Wärme. Und das Ganze vielleicht so unter dem Oberbegriff ... Melancholie."

Ich bin fassungslos. Und begeistert. „Kein Problem", erwidere ich überzeugt. Keine Frage, der Ramazotti wirkt.

Yanni freut sich, und ich freu' mich noch mehr. Zwei Hocker neben mir nimmt Jungpunk Knüppel sein Gesicht aus dem Aschenbecher und sagt, während ihm die Kippen von der Wange bröckeln: „Na, schönes Kind, was machen wir zwei denn heute noch so?" Er sagt es zu Tom, weil er Tom mit Svenja verwechselt, die hier sonst um diese Zeit steht. Knüppel fragt sie jede Woche – erfolglos –, was ihn aber nicht stört. Tom stört es auch nicht, sie trinken zusammen noch einen von dem ekelhaften Kräuterschnaps, ich trink' noch einen Ramazotti mit und nehme einen Schluck aus der Salatschüssel voller Gin Tonic, die Stammgast Karsulke als Dankeschön und Tribut für Johnny Cash großzügig für den Rest der Kneipe geordert hat und die ihre Runde an der Theke zieht. Wir singen alle zusammen ein fröhliches Liedchen aus dem *Dschungelbuch*. Karsulke wartet auf sein Taxi. Ich lache bei dem Gedanken, ihn im Taxi zu wissen, denn ich weiß, das Arno das Taxi fahren wird, und ich sah Arno auf dem Hinweg schon genüßlich mit Bierflasche und Joint vor der Taxizentrale sitzen, was bedeutet, er wird sich die ganze Zeit wieder darüber unterhalten wollen, ob Dagobert Duck immernoch in Talern oder jetzt ebenfalls in Euro badet. Unterdessen ist die Gin-Tonic-Schüssel an der Fensterbank angekommen, auf der Toms Kollege Chris schläft. Er wird wach, springt auf und läuft hinter die Theke, nimmt den nächststehenden Aschenbecher in die Hand und ... alle sind fassungslos. Tommy erstarrt, Karsulke schlägt die hände über dem Kopf zusammen und auch Jimmy bleibt förmlich in der Luft hängen. Es ist totenstill. Ich schlucke. Das gibt's doch gar nicht! Chris beginnt tatsächlich, den Aschenbecher zu spülen. Richtig mit Spülmittel und Lappen. Man könnte eine Sicherheitsnadel fallen hören, und Chris blickt unsicher auf. Er sieht lauter drohende Gesichter um sich herum.

„Als nächstes willst Du wohl noch die Tische abwischen, was?" knurrt Tom. „Schlaf mal deinen Rausch aus, Junge, weißt Du eigentlich, wo wir hier sind?"

„Hey, Mann, war nur'n Witz", versetzt Chris, nimmt einen Schluck Spülwasser und rülpst ein paar Seifenblasen. Alle lachen, und die Welt ist wieder in Ordnung.

Zum Glück. Einen Moment dachte ich, man kann sich wirklich auf nichts mehr verlassen, was einem lieb ist.

* Bukowski Highball

Zutaten: 6 cl. Bourbon, Saft einer alten Limette, brauner Zucker, ein Schuß Kartonwein.

Mit Sodawasser auffüllen und umrühren.

Die Autoren:

Dagmar Schönleber
... hat bei unzähligen Live- und zahlreichen Fernsehauftritten bewiesen, daß die Zukunft intelligenter Comedy weiblich sein und aus Köln kommen wird.

Christoph Heitmann
Längst durch seine *Orfelia*-Geschichten zur Legende geworden. Um nichts in der Welt sollte man seine charmant-debilen Darbietungen aus der Welt einer maskulinen Sekretärin versäumen.

Georg Weyers-Rojas
Autor der unnachahmlichen Hörfunkserie „Meilensteine der Weltgeschichte“ und freier TV- & Drehbuchautor.

Laabs Kowalski
Tiefstapler, Lügner, Teilzeitgenie. Veröffentlichte mehrere Bücher.